PD-200
TECH

prestige

mares
mares
mares

Tratando de Tiburones con Karlos Simón

Primera edición en Reino de Cordelia, enero de 2019

Edita: Reino de Cordelia
www.reinodecordelia.es
@reinodecordelia facebook.com/reinodecordelia

Avd. Alberto Alcocer, 46 - 3º B
28016 Madrid

www.karlossimon.com

GOBIERNO DE ESPAÑA
MINISTERIO DE CULTURA Y DEPORTE

Esta obra ha recibido una ayuda a la edición del Ministerio de Cultura y Deporte

IBIC: FJ
ISBN: 978-84-16968-67-1
Depósito legal: M-41374-2018

Diseño y maquetación: Jesús Egido
Corrección de pruebas: María Robledano

Imprime: Técnica Digital Press
Impreso en la Unión Europea
Printed in E. U.
Encuadernación: Felipe Méndez

Tratando de Tiburones con Karlos Simón

Alfonso Mateo-Sagasta

— LES VOYAGES EXTRAORDINAIRES —

— J. HETZEL, ÉDITEUR —

Índice

 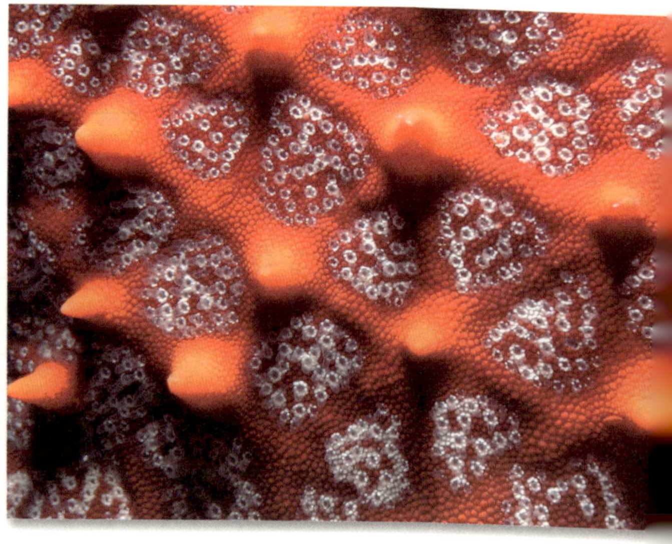

A MIS PADRES: Elba, la bailarina, y Carlos, el tenor. Os debo, además de la vida, los principios que me habéis inculcado: pasión, esfuerzo, constancia, confianza, humildad y amor incondicional por la familia. Sin ellos, mi historia de buceo nunca hubiera empezado.

A mis adorados y queridos sobrinos: Juanma Jr., Christian y Berta y a sus padres, mi hermana Elba, «la luchadora» y su marido Juanma «el infatigable», que me acompañan desde hace muchos años en mi aventura submarina, dándome su amor y apoyo absoluto.

A mis abuelos, con los que tantas veces estuve junto al mar.

A mi chica, Teresa, mi T, el amor de mi vida. No solo es mi pareja fuera y dentro del agua, es la que me aporta día a día esa energía que se necesita para vivir. Sus frases como: «Adelante con fuerza» y «Sin riesgo no hay ganancia» me han hecho mucho más fuerte. Sin ella, este libro estaría cojo, es más, no hubiera tenido sentido.

Prefacio

Cayo Piedra. Cuba

A LOS CINCO METROS se desvaneció la claridad del día. Pasados los siete empecé a distinguir una masa posada en el lecho arenoso, algo que surgía de la penumbra adquiriendo el contorno de un barco hundido. El pecio tendría unos quince o veinte metros de eslora, estaba recostado en el fondo y cubierto de coral. Miles de pequeños peces de colores deambulaban por donde antaño lo hicieran las personas. Me emocioné. Siempre he tenido una mente imaginativa, y aquella inmersión se me antojó un viaje en el tiempo. El ambiente neblinoso, la sensación de ingravidez, la respiración bajo el agua.

Pero no estaba preparado para lo que vino a continuación. En torno al acceso de la antigua sentina, una nube de arena y cieno enturbió más aún la pálida luz que llegaba de la superficie. En el revuelo distinguí de pronto dos enormes aletas, y ya no tuve ojos para más. Resultó que uno de los instructores cubanos había cogido por la cola a un enorme tiburón que descansaba en el interior del barco y lo sacaba para que todos lo viéramos nadar en aguas libres. Me quedé paralizado. Aún

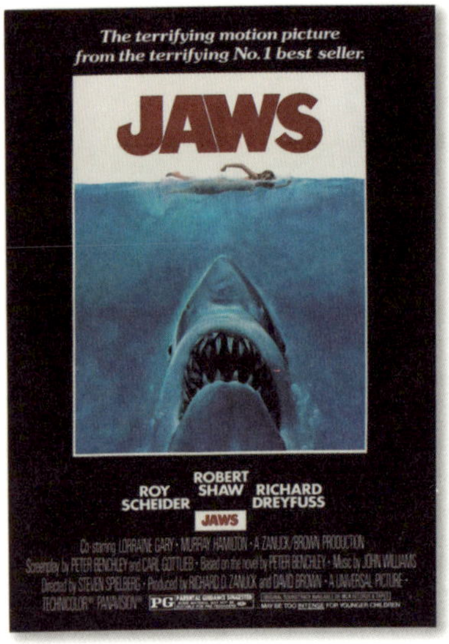

Cartel original de *Tiburón* (1975), de Steven Spielberg.

revivo el calor repentino, el íntimo calambre que sentí en aquel primer avistamiento. Yo había visto la película *Tiburón* y leído la novela de Peter Benchley, pero nunca había imaginado encontrarme cara a cara con el monstruo. Y sin embargo allí estaba, grande y perezoso, dejándose vapulear por un muchacho con la mitad de su peso. Yo aún no tenía ni idea de qué era un tiburón nodriza. El enorme animal se liberó de su acosador, nadó hacia mí serpenteando al tiempo que abría y cerraba su boca redonda y se posó a escasos metros junto a otro ejemplar más pequeño que no había visto. No sabía si sentir miedo, pero seguro que hasta en la superficie oían los latidos de mi corazón.

Aquellos eran tiburones… ¡Tiburones! Y sin embargo parecían bailarinas.

Prólogo

MIS PADRES eran personas normales. Aunque ambos eran artistas[1], mi madre renunció al *ballet* cuando ya no pudo disimular su primer embarazo, y mi padre se buscó un trabajo estable tan pronto constató que el bel canto y el mundo de la farándula no le ofrecían suficiente garantía como para sacar adelante a una familia. Los compaginó lo que pudo, hasta que al final los abandonó del todo. Siento no haber visto bailar a mi madre, pero al menos me queda el consuelo de haberle oído cantar a él sobre un escenario.

El caso es que ellos se tomaron la tarea de padres más en serio que yo la de hijo. Mi hermana cursó varios años de *ballet*, incluso participó en alguna zarzuela, pero a mí de niño me bastó con tocar el piano y la flauta de oído, y de adolescente con ser los teclados de un grupo *heavy*, todo sin haber estudiado nunca escalas, solfeo, ni ninguna de esas florituras. Era normal que acompañara a mi padre con algún ins-

[1] Mi madre era primera bailarina y mi padre solista tenor de la famosa compañía de José Tamayo.

Sus padres caracterizados para la zarzuela *Luisa Fernanda*.

trumento cuando cantaba, no le concedía mayor mérito, y nunca pensé que poseer una cualidad excepcional debiera condicionar mi vida, sobre todo si para desarrollarla había que estudiar. Porque a mí nunca me gustó estudiar. De pequeño me divertían las ciencias y los experimentos, pero aborrecía sentarme con un libro entre las manos, era superior a mis fuerzas, y aunque acabé haciendo un máster en informática, en mi cabeza siempre rondaba la idea de dedicarme a algo relacionado con el deporte y la aventura. ¿No era eso lo lógico? ¿Acaso no había oído siempre en casa que en la vida había que hacer lo que a uno le hiciera feliz?

Karlos Simón (derecha) en la nieve con su amigo Mario.

Empecé a esquiar con trece años, a la vez que a practicar artes marciales. Probé jiu-jitsu, luego fullcontact y acabé compitiendo en taekwondo. Iba a un gimnasio que se llamaba Kuroi, por Manuel Becerra, no sé si todavía existe. Recuerdo que salía de los entrenamientos con hematomas en las costillas por los golpes del maestro, aunque al final lo que de verdad aprendí fue a evitar las peleas. Pero por encima de todo, lo que más me gustaba en aquella época era hacer escalada libre con mi amigo Mario. Mario era un poco más bajo que yo, tenía el pelo negro y liso, los labios gruesos y los ojos tan rasgados que cuando se reía le desaparecían por completo. Y se reía mucho. Desde hace veinte años creo que no ha pasado un solo día sin que eche de menos su risa.

A los veinte yo ya era un orgulloso monitor de esquí, y estaba tan volcado en la profesión que, con vistas a mejorar mis condiciones laborales de la siguiente campaña de Semana Santa, me apunté en Navidad a un curso de saltos en Sierra Nevada. El curso duraba seis días, pero yo apenas llegué al segundo.

En aquella época empezaba a introducirse el snowboard en España, y dada mi curiosidad y permanente atracción por lo nuevo y lo desconocido, quise probarlo. Me coloqué en la tabla, fijé las ataduras, me deslicé por una pista verde, vi que no se me daba mal, y después de una hora de ensayos me lancé por la pista del Río. Era el 28 de diciembre de 1987, día de los Santos Inocentes. Nunca lo olvidaré. Una costra de hielo parcheaba la pista, de modo que se hacía imposible frenar. No recuerdo cómo caí hacia adelante. Las botas eran rígidas y las ataduras fijas. Rodé como un pelele y acabé con una mala luxación de rodilla y tobillo. Mes y medio escayolado de los pies a la cadera, y luego una lenta rehabilitación que se prolongó casi hasta el verano.

A quien me hubiera dicho que aquel accidente iba a ser providencial en mi vida, lo habría matado.

Cuando llegó Semana Santa y vi que aún no podía reincorporarme a mi puesto de monitor, decidí irme a Cuba. Si la montaña me estaba vedada, el Caribe no parecía mal remedio para la tristeza. Además, deseaba conocer la Cuba de la revolución, y lo hice antes de que la caída del muro de Berlín, la perestroika y la glásnost de Mijaíl Gorbachov arrastraran tras de sí el sueño del Che como latas tras un automóvil de recién casados. En aquellos años la población sufría carencias evidentes, el bloqueo pesaba sobre la isla como un cielo de plomo y no estaba bien visto por la policía que la población tuviera contacto con los turistas, de modo que poco se podía hacer en el paraíso salvo disfrutar del sol, beber ron y bailar. Así que bailamos, el baile era barato. Pasamos tres días en La Habana, en el Hotel Presidente, y luego nos fuimos a terminar las vacaciones a las playas de Varadero. No recuerdo el nombre del hotel, pero en la piscina había un anuncio de un centro llamado Marina Aqua que ofrecía bautismos de buceo a los residentes.

Mi experiencia con el buceo era nula. Cuando cumplí trece años empezamos a veranear en Benidorm, Alicante, pero antes íbamos con mi abuela Marisa a la Playa de San Juan. Hablo de los tiempos de cuando se usaba crema Nivea como protector solar y otras cosas por las que ahora meterían a unos padres en la cárcel. Los días transcurrían entre la sombrilla de la abuela y los diez primeros metros de la marea, más o menos hasta que las olas nos acariciaban el ombligo. Para completar el equipo básico de tierra, cubos, palas y rastrillos, mi madre me compró una máscara, que siempre estaba llena de agua, y unas aletas que al primer día me hicieron dos heridas en los dedos de los pies. Pedí a mi padre además un tridente para cazar pulpos, y él se negó. «A los animales no se les hace daño», me dijo en su tono de voz cálido y firme, y aquel «no» retumbó en mi mente con eco de bóveda.

Años después recordé sus palabras cuando disparé a un pajarito con mi carabina de aire comprimido. Me la habían

Karlos Simón de niño, con gorro de marinero, en la playa de San Juan (Alicante), en una foto realizada por Carlos Simón padre.

regalado con la condición de que la usara solo para tirar al blanco, pero desde que sentí su peso se despertó en mí un irrefrenable instinto cazador. Una tarde estaba practicando con ella cuando observé que un pajarito se posaba en una rama cercana. De inmediato decidí que aquel desgraciado iba a ser mi primera presa. Para no fallar, acerqué despacio la punta del cañón de la escopeta hasta metro y medio de su desafiante pecho. Era imposible fallar, de modo que aguanté la respiración y disparé. Nada. No le di. Supongo que cerré los ojos en el último instante, y lo peor es

mares
mares

que el pajarito ni siquiera alzó el vuelo, se me quedó mirando con cara de decepción. Entonces recordé el «no» abovedado de mi padre y pensé que mi destino estaba escrito, que por mucho que lo intentara yo no había nacido para hacer daño a los animales. A veces un pequeño milagro ahorra horas de reflexión atormentada.

Decía que mi experiencia con el buceo era nula, pero me apunté a aquel bautizo, primero en la piscina del hotel, y luego en el mar. Nunca olvidaré al instructor. Tendría unos diez años más que yo, era un tipo de aspecto caucásico, alto, fuerte, de pelo color castaño con las puntas aclaradas por el sol y un bigote acabado en punta, rubio y salvaje como de húsar en campaña. Se llamaba Alside, y en medio de su tez curtida brillaban socarrones sus ojos color zafiro. Desde que empecé a tener mis propios alumnos he pensado muchas veces en él y en lo importante que es dar al principio de una carrera con alguien que tenga ganas de enseñar. Alside fue un ejemplo y una guía.

Lo primero que hizo fue meternos a los neófitos en la piscina, donde pasamos más de una hora practicando ejercicios básicos. No se había normalizado todavía el uso de chalecos hidrostáticos, el equipo consistía en una placa de plástico rígida a la que se ajustaba la botella, sujeta a la espalda con dos correas como una mochila. Por eso era tan importante controlar el lastre con el que se bajaba y el modo de equilibrarse en profundidad. Además, la grifería era muy simple, solo primera y segunda etapa, y botellas de válvula «J», de las que se cerraba el conducto de aire cuando faltaban 50 atmósferas y había que bajar la varilla para abrir la «reserva»; ni manómetro, ni segunda etapa auxiliar, nada de nada.

Cuando Alside estuvo satisfecho de nuestros progresos, nos llevó al mar, a Cayo Piedra, cerca de Varadero, a bucear en un barco hundido a unos doce metros de profundidad.

Aquella primera inmersión en el mar cambió mi vida, y eso que al principio todo se me puso de cara. Para empezar, llevaba por traje una camiseta de algodón morada y un diminuto bañador negro. No podía empezar peor. Además, el trayecto hasta el punto de inmersión lo hicimos sentados de medio lado en las amuras de una pequeña barca de fibra y con las hombreras del arnés tan apretadas que apenas podía respirar. Creí que todo mejoraría una vez que saltáramos al agua, pero lo que sentí al meter la cabeza en el mar fue un ataque de angustia, una sensación de ahogo y un delirante deseo de salir de allí cuanto antes. El grupo empezó a sumergirse y yo me agarré al borde del chinchorro como la cría de un babuino y grité al patrón para que me ayudara a salir. Por suerte Alside se dio cuenta de la situación y acudió en mi ayuda. Con paciencia, revisó el equipo, aflojó las correas y me animó a probar de nuevo. Inhalé con desconfianza, pero un caudal limpio y abundante de aire entró expandiendo mis pulmones sin esfuerzo. A partir de ahí, todo fue rodado.

Recuerdo el barco hundido, el paisaje tenebroso, la luz opalina, la nube de cieno en suspensión por la lucha de los instructores para sacar a los tiburones del pecio agarrándolos por la cola, y la paciencia vacuna de esos animales a los que yo creía devoradores de hombres.

Antes he contado que no me gustaban mucho los libros, pero era adicto a los tebeos de Joyas Literarias Juveniles que nos compraba mi padre, una colección de Bruguera donde estaban adaptados todos los clásicos de la literatura. En esas ediciones recuerdo haber leído por primera vez a Stevenson, a Karl May, a Walter Scott y por supuesto a Emilio Salgari y a Julio Verne. De *20.000 leguas de viaje submarino* tenía grabada la escena de los protagonistas saliendo del *Nautilus* a pasear por el fondo del mar, donde, a pesar de lo aparatoso del traje, nada les era ya pesado: ni la ropa, ni el calzado

Grabado de un tiburón procedente de la *Gottlieb Tobias Wilhelm's Encyclopedia of Natural History*, publicada en 1804.

emplomado, ni el enorme casco de bronce en el que les bailaba la cabeza. El paseo era maravilloso hasta que se les helaba la sangre en las venas porque se veían amenazados por unos formidables escualos: «Eran un par de tintoreras, terribles tiburones de cola enorme, mirada apagada y vidriosa, que despedían cierta materia fosfórica por unos orificios que tienen alrededor del hocico, que trituran a un hombre entero entre sus mandíbulas de hierro». Condicionado por aquel recuerdo miré a mis tiburones y vi, no sin decepción, que no expelían ninguna materia fosfórica, que sus mandíbulas parecían los labios abultados de una modelo y que su mirada tenía más de antílope que de pantera.

Edición de *20.000 leguas de viaje submarino* en la colección Joyas Literarias Universales de Bruguera.

Yo no sabía aún qué era un tiburón nodriza, solo sentí que aquellos enormes animales (el grande mediría más de dos metros y medio, que debajo del agua me parecieron cinco), en vez de miedo y repulsión, me provocaron ternura y paz.

Salí del agua eufórico. Me gustó tanto la experiencia —los tiburones, el barco hundido, la sensación de ingravidez, la respiración bajo el agua—, que hice dos inmersiones más, y al salir de la tercera, Alside me puso la mano en el hombro y con voz pausada me dijo: «Buceas bien, ya verás como te vas a dedicar a esto». Aquellas palabras prendieron en mi corazón una llama que acabó por arrasarlo todo.

Lo primero que hice al regresar a España fue sacarme el título de buceador deportivo e incorporar el buceo al resto de mis aficiones, al principio por detrás del esquí y la escalada, mientras mi vida profesional seguía un rumbo totalmente distinto. Hice un máster en Informática, entré a trabajar como programador en una entidad bancaria, luego me contrataron de jefe de informática en una empresa francesa... Me iba muy bien, ganaba mucho dinero, tenía coche, moto y veintitrés años, pero en mi mente se repetía sin parar la frase de Alside: «... te vas a dedicar a esto». Tanto me pesaba que empecé a interesarme por la costa granadina y a soñar cómo sería mi vida si de verdad me animara a dar el paso.

Al final fue en el Club Náutico de Motril donde descubrí el pequeño local de cuarenta metros cuadrados que estaba llamado a convertirse en la sede de un sueño. Había llegado el momento. Tanteé a mis padres a ver si podían echarme una mano, les conté que, aunque en la informática me iba muy bien, no quería pasarme la vida encerrado en un despacho y que el buceo era a lo que deseaba dedicarme. De primeras mis padres se quedaron mirándome como dos setter irlandeses, luego intentaron hacerme ver el despropósito de mi proyecto, y al final, resignados, me dieron su bendición y me confiaron parte de sus ahorros.

El 1 de abril de 1993, cogí el coche, mi moto —una Suzuki GSXF 750—, el título de buceador deportivo de dos estrellas y me planté en la costa dispuesto a empezar una nueva vida. Lo primero que hice fue reformar el local, adquirir equipos, compresor, comprar un barco inadecuado y contratar a un instructor ladrón. Cada día era una aventura, y eso que en aquella época apenas había normas que regularan la instalación de un centro de buceo. Por fin, un mes después todo estaba preparado, y el 1 de mayo quedó marcado a fuego en mi corazón por dos motivos bien distintos: fue el día que inauguré mi primer centro de buceo, y el último día que vi con vida a mi amigo Mario. Y eso que la fiesta no pudo empezar con mejores augurios, Granada entera estallaba de color y alegría por las Cruces de mayo, toda la provincia estaba volcada en las calles festejando la primavera.

Mario vino a la fiesta en moto desde Mijas, donde trabajaba. Los dos éramos moteros desde los dieciocho años, esa era otra de las aficiones que compartíamos, además del montañismo y el esquí. Después de la fiesta, muy entrada la madrugada, nos separamos en un cruce en las afueras de Motril. Él se desvió para incorporarse a la carretera hacia Málaga y yo giré hacia el pueblo. Sin embargo, no nos habíamos alejado cincuenta metros cuando ambos nos detuvimos de golpe. Él se bajó de la moto, yo del coche, anduvimos la distancia que nos separaba en silencio y en silencio nos dimos un fuerte abrazo. Nuestro último abrazo.

No me enteré del accidente hasta la hora de comer, y desde entonces el recuerdo de aquel abrazo me ha acompañado en todo lo que he hecho, siempre, a cada paso que he dado en la vida. Creo que incluso me ha salvado del dolor y del desánimo en más de una ocasión.

Desde aquel lejano 1 de mayo de 1993 me dedico profesionalmente a promover el buceo deportivo. Doy cursos a buceadores, a instructores, me encanta el buceo profundo, me gustan los pecios (de hecho, acabo de rodar una serie para TVE titulada *Hundidos*, que trata precisamente de grandes pecios en el litoral español) y bucear bajo el hielo, hasta he diseñado un modelo de chaleco de montaje lateral, el KS01 de SEAC

Imagen de la cabecera del programa televisivo *Hundidos*.

para buceo en lugares estrechos, pero lo que ha marcado mi ritmo profesional es la grabación de vídeos submarinos y el buceo con tiburones, la lenta y progresiva aproximación a esos animales apasionantes. En el camino he dado muchos palos de ciego. No soy biólogo, ni etólogo, ni químico, ni genetista. Mis observaciones son las de un buceador que ama el mar y sus criaturas, y que desearía contagiar a los demás la pasión que siente.

Capítulo 1

Empecemos por el principio

¿Tiburones o bailarinas? Nectobentónicos. Tiburón nodriza. Yongala en el país de Brobdingnag. Tiburón guitarra. Universos paralelos. Tiburones leopardo y cebra. Cozumel y las cuevas de los tiburones dormidos

YA HE CONTADO que mi primer contacto con tiburones fue en Cuba, en Cayo Piedra. Se trataba de tiburones nodriza *(Ginglymostoma cirratum)*, unos animales cuyo comportamiento contradecía todo lo que yo sabía sobre los escualos hasta ese momento: no eran agresivos, no tenían la boca llena de dientes enormes y encima ni siquiera tenían que estar nadando continuamente para respirar.

Pero eran tiburones.

Si he decidido empezar por ellos es porque también los asocio a una época de mi vida en que todo era nuevo, una época en que aún estaba aprendiendo a sentirme realmente cómodo bajo el agua y de la que, para ser sincero, me siento muy orgulloso.

El tiburón nodriza es un animal aparentemente tranquilo de hábitos nocturnos, que es cuando resulta fácil verlo cazando en los arrecifes, como por ejemplo en el Alimathaa Pier, en el atolón de Vaavu, Maldivas. Cualquier noche se puede ver allí una docena de tiburones buscando comida entre las piedras y a un centenar de buzos siguiéndolos ávidamente con sus cámaras y sus focos, y aunque suene extraño, tanta gente no resta vistosidad ni emoción al espectáculo.

Durante el día, sin embargo, el nodriza suele permanecer tumbado en alguna cueva o en un fondo arenoso cercano a la costa, gracias a que son capaces de respirar bombeando agua por la boca a través de sus branquias. Pertenece al grupo de los tiburones nectobentónicos, es decir, que habitan en el fondo del mar y son totalmente inofensivos si no se los acosa o se les mete la mano en la boca, y no crean que hay que ser muy torpe para hacer una cosa así, le puede pasar a cualquiera que no sepa con quién trata. Resulta que este tiburón es un experto cazador de crustáceos, moluscos, serpientes marinas, peces y rayas, pero no captura a sus presas en mar abierto, sino que las saca de sus escondites aspirándolas gracias a unas grandes cavidades que tiene en la garganta y que usa a modo de fuelle. Es decir, que rodea con su boca la oquedad donde se esconde su presa y la succiona como si sorbiera una pajita.

En Tiger Beach, Bahamas, llama la atención verlos acudir al cebo que colocan en cajas de fruta para atraer a los tiburones limón y a los tigre —ya tendremos tiempo para hablar de esto—, de hecho son casi los únicos que logran comer algo, porque colocan directamente sus bocas contra las paredes de las cajas y succionan arrastrando trozos de pescado.

Dicho esto, no es raro que alguien inexperto sostenga un trozo de cebo para alimentar a un nodriza y espere a que esté muy cerca para soltarlo sin tener en cuenta su golpe de succión, de modo que de pronto el animal engulle, sin querer, cebo y mano. Y una vez la boca en la mano es difícil sacarla sin profundos desgarros, porque sus diminutos dientes crecen hacia atrás para retener mejor a las presas.

En una inmersión enfrente de Playa del Carmen (México), el lugar donde Gonzalo Guerrero, padre del mestizaje, puso en contacto por primera vez la civilización europea con la maya, tuvimos la fortuna de distinguir su lomo color pardo oscuro entre la arena blanca. Se trataba de un buen ejemplar de casi tres metros (pueden llegar a medir hasta cuatro), que había enterrado sus grandes y redondeadas aletas pectorales y parecía una roca en medio del arenal. Por suerte, las dorsales lo delataron a distancia. Nos acercamos muy despacio hasta tumbarnos a su lado. Pudimos contemplar a placer las largas barbas que le colgaban del hocico como a un pez gato y la boca pequeña de gruesos labios muy adelantada respecto a los ojos. Casi podíamos sentir la corriente que fluía por sus branquias. Cuando creíamos que él también estaba a gusto con nosotros, algo le molestó y de una sacudida se levantó del suelo cubriéndonos con una nube de arena fina antes de desaparecer. En Cozumel tuve un encuentro parecido, con la suerte además de poder seguirlo en el

Estatua homenaje a Gonzalo Guerrero.

agua a plena luz del día, porque, como tiene tan largo el lóbulo superior de la aleta caudal, su forma de nadar es sinuosa y elegante.

La verdad es que me he encontrado con tiburones nodriza en muchos lugares[2]. En algunos fueron las estrellas de las inmersiones, y en otros pasaron totalmente desapercibidos, como en el caso de Bimini (Bahamas), donde no teníamos ojos más que para los martillo gigante, o en el Yongala (Australia), donde dos ojos son pocos para una de las mejores inmersiones que se pueden hacer en el mundo, y el protagonismo fue para los tiburones guitarra.

[2] En Jardines de la Reina (Cuba), en Australia, en las islas Caimán, Roatán, Bahamas, Maldivas...

Grabado de 1856 para *Los viajes de Gulliver.*

En el segundo episodio de *Los viajes de Gulliver*, el protagonista, después de su paso por Lilliput, llega a una tierra donde todo es gigantesco. El hombre que lo encuentra mide veintidós metros de altura, es casi tan alto como un campanario, las ratas son como perros y los mastines más grandes que cuatro elefantes. Se trata del país de Brobdingnag, cuya capital era Lorbrulgrud, y el autor del libro, Jonathan Swift, lo sitúa equivocadamente como una península en el noroeste de Norteamérica. Y digo que se equivoca porque sé con certeza que el país de los gigantes se encuentra en Australia, en los Flinders, en la zona este de Townsville, en el pecio del Yongala, donde todo es desproporcionado.

El *SS Yongala* antes de hundirse.

El *SS Yongala* era un transatlántico de vapor de 110 metros de eslora y 14 de manga, que se hundió debido a un fuerte ciclón el 23 de marzo de 1911 arrastrando consigo a ciento veintidós personas. Hoy en día reposa inclinado unos 45 grados sobre su costado de estribor en una llanura arenosa a unos 30 metros de profundidad. Para los australianos es un monumento funerario, y por eso está terminantemente prohibido penetrar en el casco bajo pena de inmediata extradición, pero les aseguro que no se echa en falta. Todo el pecio está tapizado de coral, y lo que lo rodea es de tal exuberancia que apenas da tiempo a asimilarlo.

Mi primer contacto con el barco fue sobre su casco a catorce metros de profundidad en la zona de popa, y desde allí dimos la vuelta completa al pecio en dirección contraria a las agujas del reloj.

Nada más empezar nos sorprendió un grupo de quince o veinte peces napoleón, muy raro en un animal habitualmente solitario, y luego nos topamos con meros gigantes y chernas tropicales como zepelines de dos metros y medio —nunca había visto un pez óseo tan grande—, y rodeados a su vez de peces más pequeños que se movían muy despacio y al unísono. Aquellos fenómenos nadaban entre cardúmenes de peces cirujano, de jureles, de peces cardenal y peces murciélago de casi un metro de diámetro, todos fuera de los parámetros normales, todos dignos del país de Brobdingnag. Entre el coral abundaban densísimos bancos de peces cristal y serpientes marinas de color ocre, de las no venenosas, y se veían tortugas y grandes morenas verdes. Yo estaba totalmente deslumbrado, tenía la sensación de que me perdía más de lo que llegaba a ver, pero no importaba, porque llegando de nuevo a popa me aguardaba la mayor sorpresa. Entre un montón de enormes rayas pastinacas, tantas que parecía no haber suelo para todas, vimos varios tiburones guitarra posados en el fondo. Uno en particular me llamó la atención, un ejemplar color beige de casi cuatro metros para el que nosotros no fuimos más molestos que un banco de peces ángel. Rodeé despacio su enorme cabeza triangular con las aletas pectorales casi fusionadas mientras él me seguía aburrido con la mirada, y luego contemplé con curiosidad el extraño relieve que le recorría el cuerpo de la cabeza a la cola. Sus dos aletas dorsales

Tiburón guitarra.

se erguían firmes y rectas como el dibujo infantil de una montaña. Aquel animal era tan deslumbrante que apenas presté atención a los tiburones toro que surcaban el azul a corta distancia.

Nos permitían hacer hasta siete inmersiones al día, y las hicimos todas. Creo que el Yongala está entre los diez mejores puntos de inmersión que he visitado en mi vida, y con mucho el que me ha dejado la sensación más intensa de penetrar en un universo tan diferente como el que inventó Swift.

Porque creo que conocer el mundo submarino tiene mucho de eso. La falta de aire y la ingravidez que se siente bajo el agua es como tomar parte en un viaje espacial de descubrimiento exterior e interior, y no seré yo el último a quien el buceo le ha cambiado la vida. Recuerdo hace años a una

Página siguiente, tiburón nodriza.

madre desesperada porque había sorprendido a su hija sentada en la ventana a punto de saltar. La chica tenía dieciocho años, pesaba noventa kilos y estaba tan harta de sufrir acoso escolar que no quería ni salir de casa. Le propusimos que probara el buceo, aunque solo fuera un bautizo, a ver si algo cambiaba al conocer otro tipo de sensaciones. La niña aceptó, le hicimos el bautizo en el mar, descubrió que había otro mundo donde no tenía cabida nada de lo que le atormentaba en su vida diaria, un mundo donde podía ser la persona que quisiera. Le ofrecimos que se quedara a echarnos una mano en el centro, y poco a poco fue cogiendo soltura en el trato con la gente, empezó a perder peso por la actividad física, aprendió a usar el compresor, a manejar el material y por fin recuperó la sonrisa. Poco después le entraron ganas de sacarse los títulos de *openwater*, *advanced*, *rescue*, *divemaster* y por fin el de instructora. Cuando ya era ella la maestra, decidió retomar los estudios que había abandonado de adolescente y accedió a la Universidad. Y todo por un paso. De no darlo en la ventana, a darlo en el mar.

Pero los nodriza y los guitarra no son los únicos tiburones nectobentónicos por los que me he entusiasmado. En Tailandia estuve buceando en el mar de Andamán en las islas Similan y Surin, y muy en particular en una zona que se llama Richelieu Rock, un bajo rocoso que sobresale como un metro del agua, pero que hacia abajo es una montaña de vida recubierta de coral. Hay muchísimos peces león y serpientes de mar, estas sí venenosas, de las listadas blancas y negras, las llamadas siete brazadas, porque si te llegan a picar, a la octava estás muerto. Pero es muy difícil que lo hagan. Tienen la boca muy pequeña y tendrían que hacerlo en una oreja, en la nariz o en un dedo. Y además, aunque nadan rápido, no reconocen a los buzos como presa y no atacan. Yo les hacía fotos a menos de un palmo o les filmaba mientras se movían entre los corales y ni se inmutaban, como mucho giraban a veces la cabeza como diciendo qué pesado eres, pero nada más.

Les cuento esto porque también es zona de tiburones nectobentónicos, sobre todo leopardo y cebra, aparte por supuesto de ver en cada inmersión a tiburones de puntas blancas de arrecife y grises. Los leopardo y los cebra son parecidos al nodriza, también se los encuentra de día tumbados en los fondos arenosos, tienen la línea de la boca por delante de los ojos y su cola alargada parece una prolongación del cuerpo, pero se distinguen en que tienen la piel moteada, son más cabezones y unas protuberancias les recorren el lomo longitudinalmente como al tiburón ballena, con el que están lejanamente emparentados.

He empezado este libro con los tiburones «más tranquilos», por decirlo de alguna manera, pero los nectobentónicos no son los únicos que contradicen el supuesto de que los escualos deben nadar constantemente para no asfixiarse, como pude comprobar durante el rodaje de un documental sobre Cozumel. Y no me refiero a tiburones pequeños como el puntas blancas de arrecife, a los que también es fácil ver tumbados en la arena, sino a los grises dormidos.

En los años 70, el pescador y apneista Carlos García Castilla, conocido como *el Válvula*, descubrió en Isla Mujeres una cueva donde los tiburones grises parecían dormir tumbados en sus fondos arenosos como si fueran tiburones nodriza o leopardo. Gracias a su amigo el gran buceador e investigador submarino Ramón Bravo, dio a conocer su descubrimiento al mundo, y hasta Jacques Cousteau se hizo eco del fenómeno y acudió a filmarlo. Por desgracia, una pesca excesiva y la mala gestión de la zona dieron al traste con la cueva y los tiburones desaparecieron.

Años después, expertos submarinistas como Alberto Friscione, Fidel Ladrón de Guevara y Felipe Comal, alias *el Momia*, descubrieron en el norte de Cozumel unas cuevas parecidas, y yo tuve la fortuna de visitarlas precisamente con *el Momia* y Memo Mendoza, dueño del centro Aldora, con motivo del rodaje de un documental titulado *Cozumel, un paraíso en el Caribe maya*. Aquella fue una aventura compartida con Teresa Migoya, que trabajó de guionista y cámara, Ernesto García, cámara y editor, Gilda Sigie, productora y Pedro Joaquín Delbouis, productor ejecutivo y presidente del Scuba Fest de Cozumel.

Cuando lo conocí, *el Momia* era ya casi una leyenda y fue un guía de buceo tan peculiar que no puedo evitar dedicarle unas líneas. Él nunca controlaba el tiempo ni la profundidad de las inmersiones, era reacio a usar cualquier tipo de instrumento de medición submarina y, por tanto, no sentía la necesidad de hacer paradas de descompresión ni, por supuesto, de seguridad. En definitiva, ignoraba toda norma racional de

buceo, y sin embargo seguía vivo. Alto, moreno y de piel atezada, se inició en este mundillo como pescador submarino, y en los días de que hablo no había perdido aún ni la afición ni la habilidad, pese a usarla solo para capturar peces león. Los que en el Índico son animales vistosísimos a los que gusta ver nadar con sus enormes aletas de colores desplegadas como las velas de un jabeque, en el Caribe se han convertido en plaga y están acabando con la vida de los arrecifes. Por desgracia es una especie invasora introducida por el hombre, y a falta de otro depredador capaz, los buceadores deben ejercer ese papel.

Las inmersiones para ir a ver a los tiburones dormidos son un poco complicadas porque las cuevas están en una zona de fuertes corrientes y hay que bajar rápido a unos veinticinco o treinta metros. El fondo se veía muy sano y había mucho coral, y en el trayecto era frecuente cruzarse con grandes cardúmenes de barracudas gigantes, cosa rara porque suelen ser solitarias. Una vez abajo ya se empezaban a ver tiburones grises deambulando por los alrededores. Al acercarnos, los vimos dentro de las cuevas claramente tumbados sobre la arena con la boca entreabierta y boqueando ligeramente. Nos acercamos hasta casi dos metros, estaban muy tranquilos, muy relajados y no parecía importarles nuestra presencia. Al final nos acercamos demasiado y se fueron, claro, no son como los nodriza o los guitarra, que permiten que te tumbes a su lado.

La doctora Eugenie Clark, una de las máximas autoridades mundiales en escualos, tenía la teoría de que no están dormidos, sino aletargados, lo que les permite sobrevivir con el escaso aporte de oxígeno que obtienen gracias al boqueo con el que impulsan agua a través de las branquias. Ella pensaba que están desparasitándose gracias al diferente grado de salinidad que hay en las cuevas debido a las filtraciones de agua dulce. Los tiburones se tumban y el cambio en la concentración de sal hace que los parásitos mueran. Una especie de estación termal de limpieza.

Puede ser.

El que se sintió como en un balneario fui yo al terminar la segunda inmersión del día después de haber localizado a los tiburones dormidos. Permanecíamos a cinco metros terminando de hacer nuestra parada de seguridad cuando vimos pasar

Tiburón gris comiéndose un pez león.

al *Momia* como una exhalación con el arpón de su hawaiana cargado de peces león de gran tamaño. Subió el primero al barco, se quitó rápidamente el equipo y mientras los demás hacíamos lo propio se puso a la tarea. Colocó sus capturas una tras otra sobre una tabla, y con un cuchillo afilado como una hoja de afeitar empezó a prepararlos. Primero un corte en diagonal por un lado de la cabeza, otro junto a la cola, un tajo recorriendo el lomo con las espinas venenosas apoyadas contra la madera. Una vez hechas las incisiones, retiraba la piel de un tirón firme como si pelara un lenguado. Luego, con cortes lentos y repetitivos iba separando la carne de la espina dorsal hasta sacar el lomo completo, y por último lo partía en filetes que iba depositando con delicadeza en una fuente con agua de mar y limón. A simple vista podíamos ver cómo se marinaba la carne blanca y suave. En cuanto acabó con el último pez león, se puso con los aguacates, la cebolla y el tomate y preparó el mejor guacamole del este de México. ¡Ay, carnal! Allí al pairo entre el continente y la isla, lejos del mundo, con el sol templando nuestro cuerpo todavía frío después de una larga inmersión y un hambre voraz…

Cartel del documental de Karlos Simón. *Cozumel, un paraíso en el Caribe maya.*

El documental fue un éxito. No sé si por el ceviche del *Momi*a o gracias a los tiburones dormidos, pero al final todo salió de maravilla y *Cozumel, un paraíso en el Caribe maya* obtuvo el Delfín de Plata del Festival de Cannes, la Barandilla de Bronce en San Sebastián y el primer premio en los festivales de Tarragona, Oporto y Ohio en la categoría de aventura y turismo. Recuerdo todo aquello con intensa emoción, en particular las felicitaciones de Jean-Michel Cousteau y de Sylvia Earle tras el estreno en Cozumel. De hecho, fue tan bien que ya preparamos el siguiente sobre la interrelación entre escualos y cocodrilos en Jardines de la Reina (Cuba).

Pero sigamos con los tiburones.

Capítulo 2
La bella y la bestia

Los *raggies* de Sudáfrica. Saltando rompientes. Dientes para comerte mejor. La bella en la piscina de la bestia. Accidente de buceo. Bloqueo de glotis. Los demonios de la apnea

La ciudad de Umkomaas, al sur de Durban, Sudáfrica, es conocida como uno de los puntos de partida ideales para ir a ver a los tiburones *raggie* y porque al parecer Cecil Rhodes, el imperialista británico fundador de Rodesia, la actual Zimbabue, y protagonista de un cuento de Mark Twain, creció en una granja que tenía su hermano en las afueras.

Edición española de *Viaje alrededor del mundo, siguiendo el Ecuador*, de Mark Twain.

En el libro *Viaje alrededor del mundo, siguiendo el Ecuador*, Mark Twain incluyó un relato titulado *Cecil Rhodes y el tiburón*, una simpática historia en la que cuenta cómo se enriquece el protagonista gracias a un tiburón que le regala un pescador. Resulta que al eviscerar al escualo descubre en su estómago un ejemplar del *Times* de diez días antes donde se da la noticia de la declaración de guerra y de las oscilaciones del precio de la lana. Como nadie en Sidney disponía aún de esa información porque las noticias de la metrópoli tardaban cincuenta días en llegar, Rhodes pudo especular sobre

Edición española
de *Los hijos del capitán Grant.*

seguro y hacerse millonario. La historia de Rhodes recuerda a la de *Los hijos del capitán Grant,* de Julio Verne, donde precisamente una botella que encuentran en el estómago de un tiburón pone en marcha la expedición de rescate del capitán.

Parece que en nuestra imaginación no hay nada que un tiburón no esté dispuesto a tragarse, lo mismo un periódico en la desembocadura del Támesis para viajar con él hasta Australia, que una botella de cristal, sobre todo si el animal en cuestión tiene un aspecto tan amenazador como un *raggie.*

El *raggie* (*Carcharias taurus*) es ese tiburón de aspecto feroz que se ve con frecuencia en todos los grandes acuarios del mundo. Se lo conoce también como tiburón toro de acuario, o tigre de arena, y es un animal corpulento pero con el dorso liso, porque el abultamiento que se le ve en cautividad, esa especie de

bola o elevación que le sale desde la cabeza por encima de los ojos, no la tiene en libertad. No sé por qué. Pero lo que más impresiona es su boca, todo lo contrario de las que hemos visto hasta ahora en los tiburones nectobentónicos. La suya es una boca de las que aderezan nuestras peores pesadillas infantiles, siempre entreabierta y llena de dientes largos, puntiagudos y en forma de garfio. Sin embargo, si se mira bien se ve que es relativamente pequeña para el tamaño del animal, y además su dentadura no está pensada para rasgar, sino para retener. Los *raggies* no despedazan a sus piezas, las capturan y las tragan enteras, y desde luego un buzo no le cabe.

La mejor época para ver a estos tiburones es de junio a septiembre, pero antes hay que entrar en el mar, y eso no resulta tan fácil como pudiera parecer. En Umkomaas la mayoría de los centros de buceo están en el pueblo, y en muchos las inmersiones empiezan con todos los participantes sentados con el neopreno puesto en el borde de una lancha neumática sobre un remolque arrastrado por un jeep. Algo así como los ponis para los niños en las ferias, que los sientan sin estribos y les dan una vueltecita tirando del ramal. Dependiendo del tráfico, puedes verte avanzando lentamente a la par con las mujeres cargadas con la compra, hombres en bicicleta y chavales riéndose de ti, lo que hace pensar que a los sudafricanos no les importa demasiado la dignidad de sus clientes.

Luego bajan la neumática en la playa o, si la marea está alta, la dejan en un río donde un delta manso permita embarcar sin complicaciones. Esas ya llegarán luego. Una vez en el agua te ajustas el salvavidas, metes los pies en las cinchas fijadas al suelo y te agarras con fuerza a las cuerdas que recorren las amuras. Sospechas la que se te viene encima cuando ves el sol luciendo sobre tu cabeza y al patrón de pie en proa con chubasquero, pantalón y capa de agua, y un poco más allá, las olas estallando contra el rompiente.

Entonces empieza el baile. El patrón sale despacio, se coloca en el cruce de aguas, cuenta las olas y, llegado el momento, mete a tope los dos motores para saltar la rompiente. El regreso tampoco es sencillo porque debe entrar surfeando. Normalmente espera al relentí mientras todos nos volvemos a poner los salvavidas, elige la ola adecuada, se coloca en su cresta y enfila a gran velocidad hacia la playa con cuidado de llevar siempre alto el morro para no clavarlo. Un descuido puede hacer pedazos la embarcación. Al entrar en la playa los motores golpean la arena y se levantan con un chasquido seco.

Aunque la destreza de los pilotos es enorme, hay accidentes. He visto alguno porque he ido muchas veces, pero qué voy a decir yo si con mucho menos mar ya monté en Motril un numerito memorable. Sucedió cuando decidí trasladar el centro de buceo del Club Náutico de Motril al Hotel Perla de Andalucía. Como no tenía ni puerto cercano ni pantalán, me hice con una neumática para salir a hacer las inmersiones desde la playa. Por aquel entonces yo no era patrón ni tenía idea de manejar una lancha como esa, pero no me parecía difícil, de modo que en la primera salida con buceadores encaré una ola pensando que la iba a saltar con facilidad, pero resultó que al levantarse la proa se movió la carga hacia atrás y la embarcación se puso vertical. Todos salimos disparados: los buceadores, los equipos, hasta el motor hubo que rescatarlo del fondo del mar.

Volvamos a los *raggies*. En la naturaleza estos tiburones viven en zonas de cuevas, o mejor dicho, habitan un paisaje lleno de paredes rocosas con entrantes y cornisas profundas donde les gusta emboscarse. En la buena temporada se pueden ver muchos en una sola inmersión, cuarenta o cincuenta, y se puede bucear entre ellos sin problema con la única precaución de no taparles las salidas. Es muy relajante verlos, se mueven tan despacio que es fácil quitarte de su camino y ellos te ignoran por completo. En ocasiones te sorprenden porque se quedan estáticos, parece que flotan inmóviles.

Eso es posible porque, al parecer, a veces suben a la superficie y toman una bocanada de aire que luego guardan como una falsa vejiga natatoria, de modo que se pueden quedar quietos como una boya entre dos aguas. A mí me parece maravilloso bucear con ellos, pero comprendo que no todo el mundo opine lo mismo, y si no que se lo pregunten a Ruth Lorenzo, que hizo de bella en la pileta de la bestia.

Durante las eliminatorias del concurso para designar representante para Eurovisión en la edición del 2014, Ruth Lorenzo prometió que si la seleccionaban se enfrentaría a su mayor miedo, que era bucear con tiburones. Ganó, la pobre, y alguien tuvo la humorada de recordarle la promesa. Me pidieron que tutelara la aventura y yo propuse hacerlo en el Zoo de Madrid, donde había una buena variedad de tiburones; cinco o seis grises, dos *raggies* —ahora creo que solo queda uno—, algún guitarra y algún nodriza. Luego quedé con Ruth y le encantó la propuesta, ya era buceadora y le gustaba mucho el agua y los peces. Cuando llegó el día, todas las cadenas enviaron corresponsales para cubrir el acontecimiento. El cristal del acuario se llenó de cámaras. Ella llegó asustada, como es natural, y en cuanto nos pusimos el neopreno aumentaron los nervios. Le expliqué que los *raggies* se movían muy despacio, que tardaban casi dos minutos en dar la vuelta al estanque y que los grises eran más rápidos pero que en ningún caso tenía que preocuparse porque ninguno iba a echarle cuenta. Ruth me oía pero creo que no me escuchaba —estoy por conocer a alguien a quien no se le dispare la adrenalina cuando se sumer-

ge entre tiburones—, de hecho por un instante se quedó paralizada al sentarse en el borde del estanque y ver pasar una aleta por debajo. Entré yo, entró Teresa, que era nuestra cámara, le di la opción de interrumpir la inmersión y ella dijo que de eso nada, que entraría de mi mano. Y así lo hicimos. Me agarró con fuerza y bajamos mirándonos a los ojos, un par de minutos rodeada de tiburones ante las cámaras, una experiencia feliz que supongo que nunca olvidará.

Pero no crean que me burlo, que yo también he pasado miedo debajo del agua, aunque no por los dientes de los *raggies*. Creo que mi peor momento fue durante un curso de buceo técnico en Santander. Yo era el instructor. Por la mañana hicimos una inmersión a 45 metros en el pecio *Río Miera*, a dos millas al noreste de Cabo Mayor, y todo fue fenomenal: agua clara, mar en calma, una inmersión perfecta. Cuando volvimos por la tarde, el paseo para salir de la bahía de Santander frente al Palacio de la Magdalena seguía siendo precioso, pero las olas eran más amplias, el tiempo estaba cambiando. Fondeamos la neumática, y como había visto tan bien a mis alumnos, decidí llevarme la cámara grande de fotos con dos flashes para hacerles fotos a ellos y al pecio. En fin, lo que nunca se debe hacer, un exceso de confianza que acabé pagando muy caro. En cuanto empezamos a descender ya vi que no se veía nada más allá de tres metros, de modo que la cámara serviría solo de lastre, que se sumaba al ya de por sí voluminoso equipo para una inmersión profunda.

Para aquella inmersión con tiempo de fondo a cuarenta y cinco metros de profundidad, llevábamos lo que se llama un «ala de buceo técnico», que es parecido a un chaleco hidrostático pero con el sistema de flotabilidad solo en la espalda en forma de «U», sujeto al cuerpo con un arnés integrado lleno de argollas. En la espalda llevábamos una bibotella cargada con aire; bajo el brazo izquierdo, colgada, una botella de nitrox 50, y bajo el derecho la de oxígeno puro, ambas para la descompresión, cada una con su regulador, todo de acuerdo a un plan muy detallado. Pensad que con aproximadamente cuatro minutos respirando aire a cuarenta y cinco metros ya se entra en descompresión. En fin, parecíamos astronautas preparados para reparar los daños causados a nuestra estación espacial por una nube de meteoritos.

Dimos una vuelta al pecio, yo detrás para ver cómo se desenvolvían, y al empezar la segunda me ocurrió el accidente. Justo al pasar bajo el cabo de fondeo de nuestra lancha se soltó el ancla, me golpeó, se enganchó la cadena a la cámara que llevaba atada a una argolla del arnés y la lancha a la deriva me empezó a arrastrar sacudiéndome contra el fondo. Intenté soltarme, pero el viento y las olas en superficie hacía que tirara cada vez con más fuerza, incluso a veces me levantaba bruscamente para volverme a estrellar contra el fondo como un niño enfadado con su yoyó. Y por si la situación no era suficientemente comprometida, perdida la flotabilidad y el contacto con mis alumnos, se me cerró la glotis.

No era la primera vez que me pasaba. Años antes, en Granada, me desperté una noche sobresaltado y boqueando para evitar la asfixia. Al final conseguí inhalar un hilo de aire por la nariz y poco a poco volví a respirar con normalidad. Desde entonces se me había repetido en varias ocasiones, aunque nunca había ido al médico. El bloqueo de glotis está relacionado con la comida y el reflujo gástrico, así que con precaución y el tratamiento adecuado no hay riesgo de padecerlo. Pero el caso es que aquel día en Santander aún no estaba diagnosticado, acababa de comer y las sacudidas del ancla desataron la tormenta perfecta. Era la situación más comprometida que había vivido debajo del agua, arrastrado por el fondo a cuarenta y cinco metros enredado en el ancla, con cuatro botellas y sin poder respirar.

¿Qué coño hago?, me dije. ¿Cómo salgo de esta?

Me obligué a relajarme. Era consciente de que si intentaba resistir los tirones del ancla dilapidaría el poco aire que tenía en los pulmones y en aquel momento lo que menos importaba era recuperar el equilibrio. Sabía, además, que los nervios son los culpables del mayor consumo de oxígeno, de modo que para optimizar el que tenía debía conseguir una relajación total, eliminar de mi cuerpo todo punto de tensión, y para ello repasé mentalmente los importantes: cuello, brazos, caderas, piernas. Quedé como un pelele al albur de la corriente, mis extremidades se movían como las ramas de un sauce agitadas por la brisa, pero la situación no mejoró. Aunque yo daba pequeñas chupadas al regulador para ver si lograba inspirar, no conseguía nada. La sensación de angustia empezó a crecer, lenta e inexorable. Una necesidad de aire que en un primer momento se tradujo en ganas de tragar. Tragué saliva una, dos veces, y por un instante tuve la fantasía de controlar el tiempo como un *bajau*.

Los *bajau*, pueblo indígena de Indonesia, son capaces de descender hasta casi 70 metros de profundidad con una bocanada de aire, y de permanecer hasta trece minutos en un fondo de veinte o treinta metros. Se los conoce como los «nómadas del mar», y al parecer deben esa capacidad a tener un bazo un cincuenta por ciento más grande que el resto de los mortales, una adaptación evolutiva a la hipoxia similar a la de las focas. Esto está relacionado con la curiosa reacción conocida como «reflejo de inmersión» que los humanos compartimos con otros mamíferos, y que se traduce en que cuando metemos la cara en el agua fría, nuestro organismo reduce automáticamente las pulsaciones cardíacas y retira el riego sanguíneo de las extremidades para concentrarlo en los órganos vitales: corazón, cerebro, hígado... El bazo, cuya función es producir y almacenar glóbulos rojos, en estas situaciones de estrés libera sus

mares
mares

reservas en el torrente sanguíneo aumentando el tiempo de resistencia a la hipoxia, de ahí la importancia de su tamaño. Pero por desgracia yo no era *bajau*, había crecido en Madrid y me temo que mi bazo era, y sigue siendo, mesetario.

El tiempo se me acababa. La angustia se hizo apremiante. Yo sabía que cuando el cuerpo, en un primer momento, pide respirar, se debe más a la necesidad de eliminar el venenoso anhídrido carbónico que a una falta real de oxígeno, pero el conocimiento no atenuaba la ansiedad.

Alcé la vista, entreví el reflejo luminoso de la lejana superficie y decidí subir a la desesperada. De inmediato me pregunté si llegaría, si podría hacer un escape libre desde cuarenta y cinco metros. ¿Y la descompresión? A la mierda la descompresión, pensé, si me voy a ahogar, ¿qué importa un accidente de descompresión? Tampoco sería tan grave, calculé con la mente cada vez más confusa: cuando me enganchó el ancla, no llevábamos ni la mitad del tiempo previsto en el fondo, con suerte llegaría a una cámara hiperbárica y me sacarían adelante, ¡pero no!, reaccioné de golpe. ¿Qué estoy pensando? No puedo inhalar, pero tampoco exhalar, de modo que si subo y disminuyo bruscamente la presión tendré una sobrepresión intratorácica y adiós. Se acabó.

Cuando mis opciones se reducían a elegir la forma de morir, sentí la primera convulsión. La concentración de anhídrido carbónico ya era excesiva para el organismo y este intentaba expulsarlo contrayendo el diafragma de forma violenta e incontrolable. El deseo de respirar se tornó desesperante, mi mente se iluminó como una noche de San Juan y los fogonazos despertaron mis demonios. Tuve ganas de llorar. Se me hacía casi imposible controlar el pánico, el diafragma golpeaba con fuerza creciente, me sentí aguantando el castigo como un boxeador contra las cuerdas y sin esperanza de oír la campana.

Durante una fracción de segundo me di por muerto. A punto de perder el sentido recordé aquella vez en Granada cuando conseguí respirar inhalando despacio por la nariz, y sin pensarlo dos veces sujeté el regulador con la mano derecha, me separé la máscara con la izquierda y apreté el botón de purga hasta el fondo de modo que el chorro abierto de aire barriera el agua del labio superior y entrara directamente por la nariz. Aguanté la maniobra temiendo perder el sentido a cada instante, hasta que unas cosquillas en la frente precedieron a un hilo fino y frío que entró en mis pulmones, lo justo para sentir que podía volver a respirar. Mordí entonces el regulador, inhalé con ansia y exhalé suavemente dejando salir el aire sin soplar para controlar el intenso deseo de mi cuerpo de deshacerse cuanto antes del gas venenoso acumulado. Repetí la operación media docena de veces hasta que logré tranquilizarme y recuperar mi ritmo natural.

Lo demás fue fácil. Me estabilicé para dejar de darme golpes contra el fondo, y logré desengancharme del ancla. Lo que al principio me pareció un problema, ya era solo una molestia. Mis alumnos salieron encantados por haber subido sin cabo de referencia y haber superado lo que pensaron que era una prueba, pero después de aquella inmersión yo estuve a punto de abandonar el buceo para siempre, y aún siento cierto resquemor cuando bajo a lugares profundos y con mala visibilidad. Cada vez que inhalo a más de cincuenta metros, recuerdo la vez que pensé que sería la última.

No sé si lo entienden. Todo lo que les he contado sucedió en menos de dos minutos, pero si les apetece hacer la prueba vuelvan al momento donde me quedo enganchado al ancla, respiren despacio media docena de veces, luego retengan el aire y lean otra vez este capítulo hasta el final. Venga, les espero. Ánimo: «No era la primera vez que me pasaba…».

Capítulo 3
Paisaje con tiburones

El placer de la contemplación. Tiburones martillo.
Isla del Coco. La visita del solitario. Ventajas de la apnea.
Corrientes traicioneras. Galápagos.
Martillo gigante en Bahamas

Al evocar un paisaje con tiburones la primera imagen que acude a mi mente es un enorme cardumen de tiburones martillo de los que frecuentan la isla del Coco (Costa Rica) y Galápagos (Ecuador), una nube de decenas de escualos evanescentes nadando muy despacio en un agua limpia y templada.

Emilio Salgari, en *Los tigres de Mompracem,* dice que las cornudillas o tiburones martillo pueden saltar fuera del agua para, con su boca abierta en el vientre, partir en dos a un hombre, y en las narraciones de piratas recoge tradiciones y leyendas sobre la voracidad brutal de esos animales. En fin, a Salgari se le perdonan esos disparates porque el pobre nunca vio un tiburón martillo, todas sus referencias geográficas, antropológicas y naturalísticas las sacaba de las enciclopedias de la época y de su volcánica imaginación, y también porque, por muy equivocado que estuviese, le debemos una infancia poblada de seres maravillosos y de aventuras increíbles.

Edición inglesa de *Los tigres de Mompracem,* novela de la saga dedicada por Salgari a Sandokán.

Y es que la brumosa isla del Coco tiene regusto a Salgari. Situada en el Pacífico, es una isla solitaria a unas cuarenta horas de navegación desde Puntarenas, en Costa Rica. Su paisaje es idílico, acantilados escarpados y cubiertos de una vegetación impenetrable, playas de arena negra, bosques frondosos, atardeceres color violeta... Todo hace soñar con un pasado de monstruos y piratas. El aroma dulzón de miles de flores satura la brisa que llega a los fondeaderos al amanecer, cuando los buzos se preparan para la primera inmersión del día.

Cascada de la isla del Coco, antiguo refugio de piratas y Parque Nacional de Costa Rica, Patrimonio Natural de la Humanidad.

Para mí, el mejor sitio para ver tiburones martillo en Coco es el bajo Alcyone, una roca un poco separada de la isla que sube hasta veinticinco metros de la superficie. Su posición está marcada por una boya, y hay que descender con decisión por el cabo para salvar la fuerte corriente. Una vez abajo, te enganchas con el garfio al pico de una roca y te quedas flotando en lo que parece un inmenso acuario natural de tiburones.

Los puntas negras de arrecife son los que se mueven en aguas más someras, pero a partir de ahí aparecen sin orden tiburones sedosos, grises, puntas plateadas, martillos... Salvo estos últimos, todos se parecen mucho porque pertenecen a la misma familia. Pasan al lado de los buzos sin parar, por fuera del arrecife o entre ellos y la pared donde están enganchados, es como estar en una autopista y ser el coche lento que circula por el carril central. Los puntas blancas están por todas partes y hay muchísimos, pero recuerdo con especial emoción ver llegar a un grupo de sedosos nadando contra corriente tan despacio que se mantuvieron a mi lado casi un minuto hasta que me dejaron atrás, y durante ese tiempo tuve la sensación de que ellos me miraban a mí con el mismo interés que yo a ellos. Debo decir que me encantan las inmersiones en las que se atrae a los tiburones con cebo, pero verlos a tu lado en absoluta libertad es maravilloso, y lo digo sabiendo que tal afirmación le parecería ridícula a Zane Grey y a sus alegres compañeros de pesca.

En *Relatos de pesca en mares vírgenes*, el libro que recoge la expedición de pesca a bordo del *Fisherman*, Zane Grey muestra su odio a los tiburones de la isla del Coco y dice de ellos que son tan rápidos como los peces espada, y que: «Si no era capaz de sacar del agua el pez (que capturase) a gran velocidad, se convertía en forraje para tiburones». «No conseguimos acercar a la lancha ni un solo pez», comentaba asombrado no solo por la rapidez sino por la voracidad de los escualos, y en esa línea relata indignado varias anécdotas de tales encuentros. En una ocasión uno de los pescadores enganchó un atún, y mientras luchaba por cobrarlo les llamó la atención un intenso chapoteo en la superficie del agua. «Y entonces vi el enorme y ancho morro de un tiburón que llevaba el atún en su boca», cuenta con desagrado el narrador. «Bob tiraba para no perder el atún; el tiburón hacía lo mismo; y los otros tiburones peleaban por conseguir lo que fuese».

Lástima que Zane Grey tuviera una visión tan limitada del mundo marino, porque esa misma escena yo la viví con emo-

Edición española de *Relatos de pesca en mares vírgenes*, de Zane Grey.

ción desde un punto de vista radicalmente distinto, precisamente en el bajo Alcyone en un día soleado en que el agua tenía una visibilidad de más de treinta metros. Surfeábamos la corriente enganchados a la roca cuando vimos pasar por el azul un banco de atunes perseguido por varios tiburones sedosos, una escena de caza en directo en medio de un arrecife plagado de vida. Hasta a Zane Grey se le hubieran saltado las lágrimas por la belleza del espectáculo.

Aunque como he dicho al principio, para mí la imagen mítica de la isla del Coco son los cardúmenes de tiburones martillo. Pasan por encima, por debajo, a poco que te atrevas a separarte del arrecife y meterte en la corriente te encuentras nadando entre ellos, eres uno más en una nube de doscientos o trescientos animales, y además puedes estar tranquilo porque cuando los martillo nadan en mar abierto no van de cacería. Parece que ese comportamiento gregario está más relacionado con sus hábitos higiénicos, les guía el deseo de desparasitarse, y para ello nadan cerca de los arrecifes de modo que los pequeños lábridos puedan limpiarles la piel y el interior de la boca. Para alimentarse prefieren los fondos arenosos, por eso su cabeza tiene esa forma de detector de metales, una enorme superficie donde se multiplican las ampollas de Lorenzini, que les permiten captar las ondas electromagnéticas creadas por la actividad del tejido muscular de los peces y las rayas que se ocultan bajo la arena. Cuando localizan una presa, la aplastan primero contra el fondo y luego la recogen con la boca.

En una ocasión me ocurrió algo curioso y distinto. Sucedió en la última inmersión de la tarde, el sol estaba a punto de ponerse, el agua me pareció algo más fría, o puede que yo estuviera más cansado, no sé, las corrientes chocaban en superficie y todo daba sensación de oscuridad. El caso es que bajamos al balcón del azul y nos asomamos de nuevo a contemplar el inagotable espectáculo de los cardúmenes de tiburones martillo.

De las ocho especies de martillos que se conocen, la que se ve en Coco es la más común de todas (*Sphyrna lewini*), y al contrario que los tiburones nectobentónicos y los *raggies*, que permiten a los buzos un acercamiento relajado, los *lewini* son extremadamente tímidos y huidizos. Pero algunas veces ocurre que el explorador de un cardumen (porque parece que hay jerarquías, cada elemento tiene su posición) se aleja del grupo para investigar el entorno, y eso es lo que pasó. Los tiburones se movían lentamente a unos cuarenta o cincuenta metros, sus siluetas se empezaban a diluir en el fondo pardo del atardecer, y de pronto un ejemplar grande de unos tres metros dio la vuelta, se apartó y vino directo hacia mí haciendo eses. En cuanto lo vi acercarse di una bocanada de aire profunda y aguanté la respiración para que no se asustara con las burbujas. El animal me rondó a menos de dos metros, sentí cómo me observaba, con qué interés clavaba en mí su pupila, y cuando no pude más y exhalé todo el aire retenido, se arqueó como si saltara en el agua y salió disparado para reincorporarse a su grupo.

En ese momento sentí una sana envidia de Alejandro Lemus, el gran campeón mexicano de buceo en apnea con quien compartí una campaña de marcaje de tiburones dirigida por el doctor en Biología y Ciencias Marinas Mauricio Hoyos, en Revillagigedo.

Con Alejandro Lemus (izquierda) y Mauricio Hoyos.

Alejandro es capaz de bajar fácilmente a cincuenta metros en apnea y vive una conexión con la naturaleza intensa y directa porque, al no soltar burbujas ni hacer ruido, no asusta a los animales, e incluso ellos se acercan a verlo. Eso le pasa, por ejemplo, con las mantas gigantes, que lo observan con curiosidad, lo analizan y en alguna ocasión han llegado a conectar de tal manera que lo esperan mientras sube a respirar. Los tiburones, por su parte, se acercan a centímetros para investigarlo, no lo ven como una amenaza y no les molesta su presencia, y así puede marcarlos. En San Benedicto, por ejemplo, una de las islas mayores de Revillagigedo, en el cañón que se abre en medio de las increíbles estructuras de lava volcánica de sus fondos, llegó a marcar dos ejemplares mientras se acercaban a una estación de limpieza para que los barberos los acicalasen.

Otros puntos fantásticos de inmersión en Coco, aparte del bajo Alcyone, son Roca Sucia y Roca Sumergida. Es tal la vida que albergan que una vez llegué a pensar que la roca misma tenía vida propia porque todo se movía. Bancos de peces estallando y agrupándose en el azul como bandos de zorzales, decenas de rayas mármol, dos mantas gigantes, un tiburón ballena rodeado de martillos... Yo no me decidía si hacer fotos o

Banco de jureles.

vídeo, tomaba una cámara y dejaba la otra, pura ansiedad, y al final me dejé llevar por la belleza y la saturación de los sentidos porque sabía que nunca volvería a ver reunida tanta vida en mi campo visual. Hacia el final de la inmersión me fui metiendo lentamente en el corazón de un banco de carángidos, que se fueron abriendo como si yo fuera una gota de aceite. Se apartaban por delante, y cerraban filas por detrás de mí, de modo que llegué a estar en el centro del banco como si estuviera en una burbuja de un metro de diámetro. Maravilloso.

Pero no todo son ventajas. La abundancia de vida se debe, entre otras cosas, a las fuertes corrientes que rodean sus costas y lamen sus arrecifes, y esa es la razón principal de que el buceo en la isla del Coco sea peligroso, no los tiburones. Hoy en día es obligatorio bucear con radiobaliza porque ha desaparecido gente. Yo mismo estuve a punto de vivirlo con unos clientes.

Era la última inmersión del día antes de la nocturna. Bajamos un grupo de diez y salimos seis en el sitio previsto, los otros cuatro se despistaron en un paso entre rocas y los perdimos a mitad de inmersión. Al salir, no había rastro de ellos por ninguna parte, y el patrón de la panga tampoco había visto burbujas aflorando en superficie, que es como ellos controlan por dónde van los buceadores. Dimos una vuelta y no aparecieron. Yo consumo poco y había salido hacía ya doce minutos con la botella casi vacía, los otros tenían que haber salido. Seguro. Tienen que estar fuera, le dije al patrón, demos una vuelta a la isla porque la corriente era muy fuerte allí abajo y pueden haber salido por el otro lado. Así lo hizo, y nada. Ni rastro. Aunque aún se veía, cada vez había menos luz y la superficie del agua se fundía en una neblina plomiza. Me preocupé. Urgí al panguero a dar una nueva vuelta más amplia, pero el tipo se negó. Por sotavento de la isla el mar estaba calmo, pero a barlovento se estaba encrespando cada vez más y no había visibilidad a ras de agua. El patrón me dijo que era imposible encontrarlos, que los daban por perdidos y que debíamos volver al barco cuanto antes para activar el protocolo de emergencia. Un escalofrío me recorrió la espalda. Yo sabía lo peligroso que era eso porque hasta allí no llegan los helicópteros de rescate y la noche se nos echaba encima, y además recordé los casos de algunos desaparecidos en similares circunstancias que nunca aparecieron. Supliqué. Si hubiera tenido sitio me habría puesto de rodillas en la panga, insistí una y otra vez para que diera una vuelta

Isla Bartolomé, en Galápagos.

más amplia por la zona de la corriente. Tanto le lloré al tipo que acabó por acceder, y entonces los encontramos. Estaban los cuatro tranquilos, esperando, comentando lo bonita que había sido la inmersión y sin ninguna conciencia de haberse jugado la vida. Ni siquiera les impresionó cuando les hice ver que la isla estaba a casi seis millas de distancia.

Parecidas corrientes y concentración de vida se encuentran en las islas Galápagos, aunque el paisaje exterior es muy diferente.

Conservo como un tesoro en la memoria el paseo entre nidos de fragatas, la subida al mirador natural de la Escalera, en la isla Bartolomé, y la vista de las dos bahías que se abren a sus pies, la Tiburón y la Tortuga, con sus amplias playas. Y recuerdo amplias extensiones de lava moteada por pequeños

Iguana marina y rabihorcado de Galápagos.

cactus y enormes iguanas de tierra, así como las de mar ocupando las orillas, monstruos negros como de ceniza con el lomo y la cabeza erizada de púas que, cuando menos te los esperas, expelen una densa salmuera por su cavidad nasal. Imposible también olvidar la ensenada de la isla de Wolf y el cantil que la guarda, desde donde cientos de aves entran y salen sin parar: rabihorcados de pecho rojo, piqueros de Nazca, de patas azules o amarillas, albatros y cucuves… El paño azul del cielo se tiñe de brochazos de todos los colores y el estruendo al amanecer es sobrecogedor.

Bajo el agua, sin embargo, los fondos volcánicos crean un paisaje similar a los del Coco. El Derrumbe, en la isla de Wolf, es el mejor sitio para ver tiburones galapagueños, y el modo de bucear es igual al del bajo Alcyone: hay que engancharse a la roca con un garfio y quedarse flotando en la corriente. Igual que en Rocas Gordon, en la isla de Santa Cruz. El canal estrecho que se forma entre ellas hace de embudo y genera fuertes corrientes, lo que atrae a varios tipos diferentes de tiburones, entre ellos los grandes cardúmenes de tiburones martillo. La mejor zona donde esperar su paso es entre los pináculos o en la roca del noroeste. A tan solo diez o doce metros de profundidad se puede vivir una experiencia inolvidable, decenas de martillo pasando muy cerca, y si no hay mucha corriente, incluso bucear en el mismo canal mezclándote con ellos.

Hasta ahora solo he hablado del *Sphyrna lewini*, la especie de tiburón martillo más común, pero no quiero cerrar este capítulo sin hablar del martillo gigante (*Sphyrna mokarran*), que ofrece un buceo distinto. Para verlo no hay mejor sitio que Bimini, a diez o doce horas de Gran Bahama pero no lejos de la costa, sobre unos enormes bancos de arena blanca.

En cuanto fondeó el barco, el guía dejó caer una caja de cebo y a la hora y media entraron dos martillos gigantes. Fue una suerte porque al contrario que el *lewini*, el gigante es un animal solitario y no tan tímido.

Saltamos entonces los buceadores y nos colocamos abiertos en una media luna frente al guía, que empezó a sacar trozos de cebo de la caja para ofrecérselos a los animales. Eran impresionantes, nada que ver con los del Coco o Galápagos. El grande medía unos cuatro metros y medio, y el otro rondaba los tres. La cabeza debía andar por unos ochenta centímetros de ancho, pero lo que más impresionaba era la dorsal de casi un metro de altura, firme y puntiaguda. El tiburón entraba muy rápido, el guía sujetaba el cebo con una mano, y cuando se acercaba el animal le levantaba la cabeza con la otra y le soltaba la comida en la boca. Era como ver a un niño de rodillas levantando una mesa por el borde. Los martillos comen sobre todo rayas, pero le daban pescado y lo aceptaba igual, tomaba un bocado y se alejaba rápidamente para volver al rato. Alrededor de nosotros se movían también, atraídos por el cebo, tiburones nodriza y toro, pero no les hacíamos ni caso abducidos por el descomunal *mokarran*. Cuando se acabó la comida, un grupo de nosotros permanecimos curioseando por el fondo, y tuvimos la enorme suerte de que el martillo grande regresase y se quedara dando vueltas. Estuvimos abajo tanto tiempo que consumí todo mi aire y tuve que tirar de la reserva de Teresa.

Una vez visto de cerca, imagino que es un *mokarran*, un martillo gigante, el tiburón que pinta Julio Verne en *Los hijos del capitán Grant*. En las primeras páginas de esa memorable novela Lord Glenarvan se acerca al capitán para preguntar qué clase de pez era aquel tan descomunal que merodea el barco en el que navegan, a lo que este responde que seguramente será un tiburón. «¿Un tiburón?», pregunta extrañado el lord. «No es extraño», responde el otro. «Es un tiburón de los que se encuentran en todos los mares. Uno de los llamados peces martillo por la forma de su cabeza». Lord Glenarvan comenta entonces que quizá fuera peligroso capturarlo, a lo que el otro responde con firmeza: «Es posible, pero debemos exterminar a estos terribles animales, y ahora se nos presenta una ocasión: hay que aprovecharla».

Lástima. Me pasa con Julio Verne como con Salgari. Yo soy de los que admiran su increíble imaginación para intuir el futuro y su trabajo de heraldo de lo que la ciencia aún tardaría mucho en conseguir. Pero aunque la humanidad haya seguido su estela en muchos campos, hay propuestas que haríamos mejor en ignorar, como por ejemplo esa locura de exterminar a esos «terribles» animales.

Capítulo 4
Aletas de tiburón

¿Es demasiado tarde? Mamíferos verdugos.
Usos del tiburón. Ciclo reproductivo de los martillo.
Sopa de aleta de tiburón. Mi viaje a China.

«NO ES DEMASIADO TARDE para buscar un mundo nuevo», escribe Alfred Tennyson en su poema *Ulises*, y yo también quiero ser optimista a pesar del desolador panorama que presenta la sistemática destrucción de la vida marina y de los tiburones en particular.

Edición española de *Leviatán o la ballena,* de Philip Hoare.

El que la isla del Coco y las doce millas náuticas que la circundan sean Parque Nacional de Costa Rica y Patrimonio de la Humanidad, más que un freno parece un acicate para la actividad depredadora de los pescadores industriales y artesanales furtivos, que no respetan ni especies ni épocas de reproducción y cría. Los tiburones son los que se llevan la peor parte, se diría que los pobres tienen mala suerte con los humanos y los mamíferos en general. Al menos eso pensé cuando leí en el libro de Philip Hoare, *Leviatán o la ballena*, lo que encontraron al abrir a un cachalote: «En el estómago de un cachalote cazado al sur de Durban, Sudáfrica, en 1969, se encontraron restos de dos tiburones *scymnodon*». ¡Dos *scymnodon*! ¡Uf! Vaya destino miserable. ¡Vivir a 1.500 metros de profundidad en la oscuridad absoluta del océano para acabar en el estómago de un animal de superficie que respira aire!

Se ve que da igual lo que hagan los tiburones para protegerse de nuestra clase, porque cachalotes y humanos no somos los únicos, las orcas también los cazan, incluso a los grandes blancos, pero ya hablaremos de eso.

Quizá la pregunta pertinente en este momento es: ¿por qué se pesca el tiburón? ¿Por deporte? ¿Comida? ¿Por odio? ¿Por miedo?

Muchos usos se le ha dado al tiburón desde que un ángel ordenó a Tobías (*Libro de Tobías*, capítulo 6, versículo 4) que capturase al gran pez que lo había intentado devorar en el río

Mosaicos de la villa romana del Casale, en Piazza Armerina, Sicilia.

Tigris (que por su descripción no puede ser más que un tiburón toro, *Carcharhinus leucas*), y le dijo que conservara su corazón, hiel e hígado porque eran útiles para espantar demonios y curar cataratas. Ya en época romana, Plinio el Viejo, en su *Historia natural* del año 77, decía que los sesos de los «perros de mar», que es como se conocía a los tiburones hasta casi la edad moderna (en la villa romana del Casale, en Piazza Armerina, Sicilia, hay unas fantásticas representaciones iconográficas), se usaban para calmar dolores de muelas, y sus dientes servían de amuleto y quitaban también los dolores repentinos. Enrique Serpa, en su relato *Aletas de tiburón*, habla también del poder de los dientes como amuletos contra la mala fortuna, y cuenta, además, que de los espinazos se fabricaban botones y bastones que parecían de marfil, las pieles se vendían a las tenerías y del hígado se extraía un lubricante excelente que colocaban como aceite de ballena.

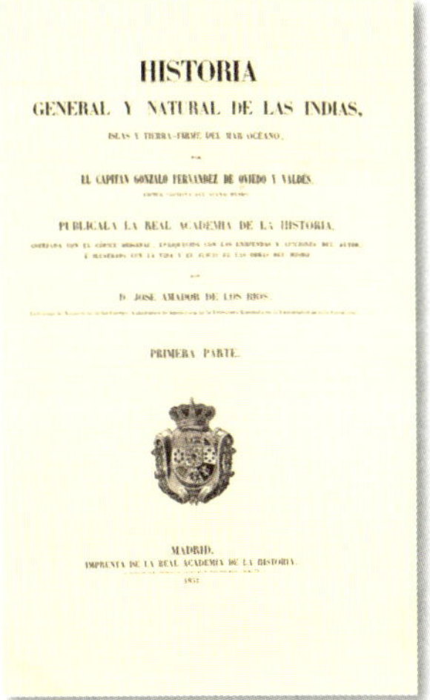
HISTORIA
GENERAL Y NATURAL DE LAS INDIAS,
ISLAS Y TIERRA-FIRME DEL MAR OCÉANO,
EL CAPITAN GONZALO FERNANDEZ DE OVIEDO Y VALDÉS.
PUBLÍCALA LA REAL ACADEMIA DE LA HISTORIA,
D. JOSÉ AMADOR DE LOS RIOS.
PRIMERA PARTE.
MADRID.
IMPRENTA DE LA REAL ACADEMIA DE LA HISTORIA.

Portadilla del libro sobre América de Gonzalo Fernández de Oviedo.

Pero también se pesca como comida. Gonzalo Fernández de Oviedo, cronista, naturalista, poeta y aventurero español de principios del siglo XVI, incluyó en el capítulo X del libro L de su maravillosa *Historia general y natural de las Indias, islas y tierra-firme del mar océano* la historia del náufrago Alonso Zuazo. Entre otras anécdotas cuenta cuando se metió en el agua y, con un garfio hecho de un pedazo de metal, pescó a uno de aquellos «fieros animales», que al sacarlo a tierra resultó ser hembra, «e sacáronle del vientre treinta y cinco tiburoncillos», los cuales sirvieron de «muy buen manjar». En aquel caso la captura se debió a la desesperación y al afán de supervivencia de unos náufragos, pero hoy en día en Baja California se siguen capturando crías de tiburón recién nacido porque dicen que son deliciosas para hacer empanadas de cazón. Los pescadores llegan hasta el punto de poner redes en las cloacas de las hembras adultas que capturan por si el estrés les hace abortar y se les escurre semejante tesoro culinario entre los dedos. Y no crean que son los únicos, en el sur de España el cazón en adobo es un plato típico en la carta de cualquier tasca o restaurante, y en Cuba, Enrique Serpa cuenta que los pescadores artesanales salaban los cazones para venderlos bajo el rubro de «bacalao sin espinas».

Supongo que esa malicia era necesaria para salvar el desprestigio que la carne de tiburón ha tenido durante siglos entre los europeos, por esa imagen de monstruos hambrientos en pos de los barcos negreros que cruzaban el Atlántico, o esperándolos en grandes concentraciones en Canarias, Madeira, y en las costas africanas. Mario Jaime, en su estupendo libro titulado *Tiburones, supervivientes en el tiempo*, hace referencia al diario de un pasajero anónimo de 1723, en el que se explica por qué su carne no era muy apreciada. «Capturamos muchos peces casi a diario», anota el viajero, «especialmente tiburones, los cuales salamos y preservamos para los negros [...] nosotros no los comemos pues [los tiburones] devoran hombres mientras que los negros los comen muy a gusto y eso nos hace ahorrar provisiones».

Qué más se puede decir.

Volviendo a la pesca, no hace falta explicar el gravísimo problema que supone que los pescadores maten preferentemente a las hembras embarazadas y a las crías de cualquier especie. La población de tiburones está en caída libre. Los expertos calculan que la población del tiburón martillo (*Sphyrna lewini*) ha decrecido cerca del noventa por ciento a nivel mundial, y la Unión Internacional para la Conservación de la Naturaleza (UICN) determinó que el treinta y dos por ciento de sesenta y cuatro especies de tiburones y rayas oceánicas se encuentran amenazadas o en peligro de extinción. Muchas especies de tiburones van a desaparecer sin que hayamos tenido tiempo de estudiarlas y conocerlas de verdad.

Según me contó Mauricio Hoyos durante la campaña de marcaje de tiburones en Revillagigedo, al sur del Cabo San Lucas, ya han conseguido demostrar que los tiburones martillo se mueven entre las islas del archipiélago, pero aún deben conseguir evidencias de algo más importante y con mayor trascendencia: que las hembras preñadas que se ven en las islas y que desaparecen en el mes de junio, son las mismas que aparecen poco después en las costas del continente en el mar de Cortés, Mazatlán y Nayarit. Al parecer estas zonas de la costa de aguas someras son la zona de cría de los tiburones martillo, cuyos alevines tardan años en madurar y viajar a aguas profundas. Pero mientras consiguen pruebas de ese complejo sistema de equilibrio biológico, se vive la paradoja de que las especies que están protegidas en el archipiélago de Revillagigedo hasta un perímetro de cuarenta millas, por su doble condición de Reserva de la Biosfera y Parque Nacional, son pescadas legalmente sin límite de tamaño o edad unas millas más al este.

Cubierta de *Relato de un náufrago*, de Gabriel García Márquez.

Ahora bien, el mayor motivo por el que se mata a los tiburones es por sus aletas. Esa es la verdadera causa del alarmante descenso de las poblaciones y de que algunas especies se encuentren hoy en día en peligro de extinción. En el *Relato de un náufrago*, Gabriel García Márquez despierta con habilidad nuestro miedo cuando hace entrar en escena a los tiburones por primera vez: «Lentamente, como cazando una presa, la aleta de un tiburón se deslizaba a lo largo de la borda». ¡Uf! ¿Se imaginan quedarse solos en una balsa después de un naufragio y ver eso? El náufrago añade: «Fue el primer animal que vi, casi treinta horas después de estar en la balsa. La aleta de un tiburón infunde terror porque uno conoce la voracidad de la fiera. Pero realmente nada parece más inofensivo que la aleta de un tiburón. No parece nada que formara parte de un animal, y menos de una fiera. Es verde y áspera, como la corteza de un árbol. Cuando la vi pasar orillando la borda, tuve la sensación de que tenía un sabor fresco y un poco amargo, como el de una corteza vegetal».

Claro, que si la aleta del tiburón martillo supiera a corteza vegetal no tendría los problemas que tiene. Por desgracia su fama es de ser de primera calidad, en el mercado chino se valora por encima de cualquier otra, y eso la ha convertido en un objetivo específico de los pescadores furtivos, que no tienen reparo en saquear las poblaciones de los parques naturales de la isla del Coco y de Galápagos. Para que se hagan una idea de lo que hablo, vean un párrafo del cuento *Aletas de tiburón*, del cubano Enrique Serpa: «El arpón, certeramente disparado por Felipe, fue a clavarse en la nuca del escualo, que se debatió en convulsivos temblores, en tanto su cola, frenética, zapateaba entre un torbellino de espuma. Unos golpes de porriño en la cabeza fueron bastante para aquietarlo. Y un cuarto de hora después, su cuerpo limpio de las aletas y la cola, se hundía girando sobre sí mismo, para servir de pasto a sus congéneres en el fondo del mar. Tras el cuerpo mutilado quedó, como una protesta muda y fugitiva, una estela de sangre».

Así acaba un «cabeza de batea de unos quince pies de largo», como lo define el narrador, cien kilos de carne muerta y desperdiciada, un animal sacrificado por sus aletas «grandes y anchas como velas de cachucha». Un tiburón sin aletas es un montón de carne que se derrumba al fondo del océano, como se vendría abajo la catedral de Burgos si le quitaran sus arbotantes. Sin sus aletas, los grandes monumentos de la humanidad no serían más que un montón de escombros que caerían rodando sobre sí mismos.

Por aquello de que una imagen vale más que mil palabras, les recomiendo que vean el documental de Rob Stewart titulado *Sharkwater*. En él se pone en evidencia lo que está ocurriendo en la isla del Coco, el furtivismo, la amoralidad, el soborno, la incapacidad del gobierno, el abuso de las multinacionales, el crimen. El horror. ¿Y todo para qué?

Cartel del documental *Sharkwater*, de Rob Stewart.

Enrique Serpa escribe: «Hasta entonces la pesca del tiburón había sido el sostén de numerosas familias pobres del litoral. Un asiático, comerciante de la calle Zanja, compraba para salarlas y exportarlas a San Francisco de California, aletas y colas de tiburón, que constituyen, con el nido de golondrinas y la sopa de esturión, los manjares más preciados de la cocina china. Pagaba dos pesos por el juego de aletas». Y aunque parezca increíble, ese es todo el problema: la sopa de aleta de tiburón.

Para quien no lo sepa, los ingredientes fundamentales de una sopa de aleta de tiburón, aparte del evidente, son: pechuga de pollo desmenuzada, setas negras chinas rehidratadas, un litro de caldo de ave (pollo), salsa de soja y sal. Además, según qué receta, se le puede añadir hueso de jamón, claras de huevo, fécula de maíz, yema de bambú, jengibre, pimienta negra, harina de maíz, ajinomoto (sazonador), hueso de ternera, cilantro y vinagre de arroz. Es decir, la sopa de aleta de tiburón resulta ser una deliciosa sopa de pollo y carne donde la aleta del tiburón solo tiene el papel de proporcionar una textura gelatinosa, y en realidad se podría preparar y sabría igual sin aleta de tiburón. De hecho, el cocinero Karlos Arguiñano tiene publicada una receta titulada *Sopa de aleta de tiburón a mi manera*, donde sustituye la aleta por una cucharadita de agar-agar, que es una gelatina vegetal natural extraída de algas y que cumple la misma función. Rico, rico, y sin amputar ningún escualo. Solo queda que se enteren en China.

A través de un instructor que se formó conmigo me invitaron a principios del 2018 a Taiyuán (China) para dar una conferencia sobre la defensa de los tiburones y contra el crimen del aleteo y la famosa sopa. Pensé que era un reto hablar de la soga en casa del ahorcado, pero en definitiva yo también formo parte del problema. Los chinos se comen la sopa, pero España es uno de los mayores cazadores de tiburones y exportadores de aletas de tiburón, así que vamos juntos en el mismo viaje.

Me recibieron fenomenal. La charla tuvo muy buena acogida, la mayoría asentían muy serios dándome la razón, un centenar de personas en un país de mil trescientos cincuenta millones de habitantes. La realidad es que la mayoría de mis oyentes no tendrían que hacer ningún esfuerzo para dejar de tomar sopa de aleta de tiburón porque quedaba fuera de su presupuesto, es como si a nosotros nos hablaran de la inconveniencia de comer angulas. A casi todos nos parecería bien, a pocos les cambiaría la vida. En cualquier caso fue un éxito, allí se comprometieron a difundir el mensaje, y a alguno le llegará que sí la coma. Incluso en algún centro de buceo en los que tuve charlas con los instructores me recibieron con carteles de «*Stop shark finning*». Por algo se empieza.

Conferencia en la localidad china de Taiyuán.

Capítulo 5
Descenso al Maelström

Un mundo de corrientes. Barracuda Point. Columna descendente. Prueba de narcosis. Leyendas nórdicas. La cueva de Caribdis

«¡MAELSTRÖM! ¡Maelström!», gritan todos los pasajeros del *Nautilus* en el último capítulo de *20.000 leguas de viaje submarino*. «¿Podía haber nombre más espantoso? ¿Sería el *Nautilus* arrebatado por aquel remolino en el momento mismo en que nuestra lancha iba a desligarse de sus costados?».

Plano del *Nautilus*.

Edgar Allan Poe también da protagonismo al temible remolino de las costas de Noruega en su relato *Un descenso al Maelström*. «Hace tres años», dice el protagonista, «me ocurrió algo que jamás le ha ocurrido a otro mortal... o, por lo menos, a alguien que haya alcanzado a sobrevivir para contarlo; y las seis horas de terror mortal que soporté me han destrozado el cuerpo y el alma».

Ambos se refieren al gran remolino que se forma al chocar las corrientes de las mareas en las costas meridionales del archipiélago noruego de las islas Lofoten, entre Vaeroy y Moksen, en la provincia de Nordland. Tanto Verne como Poe incluyen en sus relatos una explicación enciclopédica del fenómeno para que los lectores no vayan a pensar que se trata de pura fantasía, aunque luego lo adornen un poco. Uno dice que su «potencia de atracción se extiende hasta una distancia de quince kilómetros. Allí son aspirados, no solamente los buques sino también las ballenas y hasta los osos blancos de las regiones boreales», y el otro que «formando un círculo cuyo diámetro pasaba de una milla. [...] el tubo, hasta donde la mirada alcanzaba a medirlo, era una pulida, brillante y tenebrosa pared de agua, inclinada en un ángulo de cuarenta y cinco grados con relación al horizonte [...] que giraba y giraba [...] con un fragor horrible, entre rugido y clamoreo, que ni siquiera la enorme catarata del Niágara lanza al espacio en su tremenda caída».

En cualquier caso, los dos retratan bien el horror de verse absorbido por el mar y arrastrado hacia el fondo por una corriente imprevista, y es que los remolinos y las corrientes descendentes no se encuentran solo en Noruega. A mí, por ejemplo, me sorprendió una en Malasia, en la isla de Sipadán.

Pulau Sipadán, al nordeste de la región de Sabah, en Borneo, en el mar de Célebes, es un destino de buceo maravilloso, declarado parque natural marino debido a la riqueza de sus fondos y a que en sus playas desovan las tortugas verdes. Entre todos sus increíbles puntos de inmersión destaca Barracuda Point, en la punta norte de la isla. Allí el arrecife des-

ciende paulatinamente, y a los veinte metros de profundidad se abre un abismo que cae vertical hasta que la pared se pierde en la penumbra. En esta área es frecuente ver en el azul grandes cardúmenes de doscientas o trescientas barracudas, bien en un bloque estático, bien girando en círculo, una inmensa espiral a la que se puede acceder desde abajo si se quiere vivir la experiencia de sentirte en el ojo de un huracán. Y por supuesto, tiburones. Tanto en Barracuda Point como en South Point, en el otro extremo de la isla, es fácil ver tiburones de puntas blancas de arrecife, martillos, grises…

En la inmersión a la que me refiero, estábamos pegados al arrecife a unos treinta metros de profundidad, con una visibilidad de otros tantos, tranquilos, haciendo fotos, yo con setenta atmósferas aún en la botella y mi compañera con cien, disfrutando del final de la inmersión porque ya habíamos empezado a subir, cuando vimos venir una manta enorme por el azul. De sobra sabía que no hay que ir hacia ella, que para verla bien lo mejor es estarse quieto y dejar que se acerque, pero me pudo el deseo de fotografiarla de frente, de modo que salí del arrecife para cruzarme en su camino, y en cuanto dejé la protección de la pared, me vi succionado por una corriente descendente que me bajó de golpe a sesenta metros. Tan rápido fue que ni siquiera tuve un atisbo de narcosis.

En mis primeros años de buceo estaba siempre poniendo a prueba mis límites, deseaba conocerme a fondo y experimentar todo lo que leía en los libros especializados, y una de las cosas estúpidas que hice en mi inconsciencia fue ver cuán-

to podía bajar con una botella cargada de aire y sentir en propia carne los síntomas de la narcosis por exceso de nitrógeno en el torrente sanguíneo, lo que se conoce como «borrachera de las profundidades».

La prueba la llevé a cabo en el cortado del Bajón, en la isla del Hierro, una pared con fama de no tener límite. Cuando estábamos a treinta metros, le hice una seña a mi compañera de que me esperara allí y me dejé caer lentamente. A los cuarenta y cinco metros experimenté los primeros síntomas: un ligero aumento de peso en los párpados y un sutil hormigueo en los labios. Seguí bajando. A partir de los sesenta metros el Bajón empezaba a curvarse, de modo que no había un fondo infinito, y no me pareció mala idea ver hasta dónde llegaba. Noté que se me aceleraba el corazón y que todo a mi alrededor era raro, sentí una extraña fatiga que no era cansancio físico, era algo distinto, como una revolución de los músculos, una pereza infinita, una incómoda sensación química que me impedía pensar con claridad y que me arrebataba los recuerdos. Pasados los sesenta y cinco supe que no iba a ver el fondo, pero decidí bajar un poco más. El cuerpo me pesaba mucho y de pronto sentí que mi boca no tenía fuerza para retener el regulador. Me lo sujeté con la mano derecha y con la izquierda tomé la consola con el manómetro y el profundímetro y me la puse ante los ojos. En un delirio infantil había decidido llegar a los setenta metros, pero cada centímetro que bajaba se me antojaba una losa sobre mi espalda. A sesenta y nueve con nueve tenía la cabeza casi perdida. El cuerpo me gritó que como bajara un centímetro más no encontraría el camino de vuelta, y menos mal que le hice caso, porque el ascenso se me hizo eterno. Poco a poco me fui encontrando mejor. Mi compañera solo me vio bajar y subir a los pocos minutos, ni se dio cuenta del cansancio que arrastraba. Mil veces me he arrepentido de haber realizado semejante tontería, nunca he vuelto a jugarme la vida estúpidamente a cara o cruz.

Pero ya digo que en aquella ocasión en Sipadán el descenso fue tan brusco que ni siquiera tuve tiempo de experimentar ninguno de esos síntomas. De primeras no entendí lo que pasaba. Vi que mi compañera se alejaba a toda velocidad como si un globo tirara de ella hacia la superficie y no me di cuenta de que era yo el que se estaba hundiendo. De pronto fui consciente del problema. Reaccioné. Tenía que subir, y de prisa. A esa profundidad pronto entraría en descompresión y no tenía aire. Me puse a aletear con energía pero no avanzaba nada, parecía que algo tirara de mí.

Grabado que representa a Odiseo pasando entre Escila y Caribdis.

Entendí algunas de las viejas leyendas noruegas y galesas que hablan del horror de verse engullidos por el mar, el temor de los pueblos por esos monstruos que arrastran a sus víctimas hacia lo profundo, absorbiéndolas en un remolino abisal, que las trituran, tragan y sobre todo ahogan hasta la muerte, lo que Alberto Baldi describe tan bien en *Mare nostrum. La impenetrabilidad del mar y los arquetipos de los monstruos marinos*. Para los nórdicos, el agujero que todo lo succiona es la enorme caldera en ebullición que Ran, diosa del mar, usa para cocinar, y para los griegos era Caribdis, ninfa marina hija de Poseidón y Gea, a quien Zeus convirtió en un horrible monstruo marino que hundía a las embarcaciones con sus torbellinos.

En el canto XII de la *Odisea*, Circe informa a Ulises de los peligros que le esperan en la singladura que está a punto de acometer. En primer lugar le habla de las sirenas y le advierte del hechizo de su fascinante canto. Luego le adelanta el dilema que se le presentará. Deberá elegir entre navegar al pie de las Rocas Errantes, unos muros de piedra escarpados bajo los que solo la Argo de Jasón se atrevió pasar, o ante las cuevas de Escila, monstruo espantoso con doce patas y seis cabezas, y Caribdis, la que sorbe el agua negra tres veces al día formando un remolino que succiona todo lo que se pone a su alcance, y otras tantas la vomita. «¡Pero no vayas a acercarte cuando la succiona!», insiste Circe, «no podría entonces salvarte ni el sacudidor de la tierra».

A mí no se me ocurrió pedir ayuda a Circe, a Jasón ni al sacudidor de la tierra. Sabía que lo mejor para salir de una corriente en columna es ir hacia los laterales, aunque en ese momento no podía pensar. Solo se me ocurrió hinchar el chaleco para ganar flotabilidad y aletear sin descanso con la vista fija en mi pareja.

Por suerte, Nandi, que así se llamaba mi compañera, se dio cuenta de inmediato del problema y bajó a buscarme pegada a la pared, mientras yo seguía pataleando. La fatiga empezó a pesar. La corriente casi lamía el arrecife, lo tenía al alcance de la mano pero no conseguía tocarlo. Por un instante dudé si buscar la salida por el otro lado, hacia el azul, pero no tenía ni idea de qué anchura podía tener la corriente, y el temor de no llegar y verme succionado sin remedio me decidió a persistir en mi lucha. Me estaba quedando sin aire, mi única esperanza estaba en el arrecife y en que Nandi tuviera aire para los dos. Me encontré cara a cara con ella a cuarenta metros de profundidad y a tres de distancia, pero separados aún por un muro de agua que yo no conseguía atravesar. Empecé a tener calambres en las piernas. Solté la cámara, que se quedó enganchada a un mosquetón del chaleco, e intenté alcanzar con las dos manos el brazo que me tendían. Estaba agotado, sabía que se me acababa el aire y fui consciente de que o hacía un último esfuerzo o moriría. Sería comida para Caribdis. Aleteé con el resto de mis fuerzas y conseguí agarrarme a la mano salvadora de Nandi, que me arrastró a la protección del arrecife.

Grabado de Doré
para el relato de Poe
Descenso al Maelström.

Al personaje de Poe el terror de verse atrapado por el Maelström le encaneció el pelo y debilitó sus nervios hasta el punto de asustarse de su propia sombra. Yo no llego a tanto, pero tampoco soy un personaje de Poe.

Capítulo 6

Matad al monstruo

La belleza del monstruo. Golpe de fatiga. Pánico en el Naranjito. Marcaje de tiburones. Los ballena en Galápagos, Mozambique, Moalboal y Revillagigedo. Un día de pesca. Estrecho de Tadjoura. La puesta de los cangrejos rojos

ZANE GREY se refiere al tiburón ballena en su libro de pesca como un monstruo al que hay que destruir, y en su boca la palabra «monstruo» se llena de connotaciones peyorativas. No tiene en cuenta que etimológicamente deriva de *monstrum*, esto es, prodigio, maravilla y cosa increíble, y que comparte raíz con *monstro*, es decir, mostrar, indicar, señalar. De modo que, sin pretenderlo, Grey acierta en tildar de monstruo al tiburón ballena, porque señala a un ser maravilloso que excede cualquier canon de normalidad.

En mi caso, fue en el segundo viaje que hice a la isla del Coco cuando vi por primera vez a un tiburón ballena (*Rhincodon typus*), un pez comedor de plancton que puede alcanzar veinte toneladas de peso, doce metros de longitud y sesenta años de vida, y me causó tal impresión que olvidé todo mi entrenamiento y me comporté como un niño. Aquel día la corriente no

Cartel original de *Simbad el marino* (1947), de Richard Wallace.

era muy fuerte y el tiburón ballena surgió enorme de entre la niebla, majestuoso, «un arrecife en movimiento», como lo describe Alfonso Mateo-Sagasta en su cuento titulado *Simbad el marino*, de la colección de «remakes» de *Las mil y una noches*. En el relato, Simbad flota a la deriva después de ser arrojado al mar por unos piratas junto a una escollera, y dice: «En cuanto sentí que algo pasaba por debajo, metí la cabeza en el agua. El mar estaba plagado de pequeños pececillos rojos. Tomé aire de nuevo y procuré relajarme para aguantar lo más posible con la cabeza sumergida. De pronto se hizo nítido por mi izquierda un enorme cardumen de tiburones martillo. Habría cientos, una compacta pared de plomo que avanzaba sin esfuerzo aparente por entre la miríada de peces rojos. Apenas pasó ante mí se empezó a diluir en la penumbra, pero antes de que desapareciera del todo pude percibir que se escindía. El motivo no se hizo esperar. Desplazándose en dirección contraria apareció el tiburón más grande que he visto en mi vida. Tendría fácilmente unos doce metros, su aleta dorsal era más alta que yo y las rémoras que arrastraba me igualaban en peso. Le acompañaban tal cantidad de peces de mediano y pequeño tamaño que parecía un arrecife en movimiento. Me quedé absorto, anonadado por su belleza. El lomo era gris oscuro y estaba cubierto de motas blancas que destellaban al sol. Se detuvo bajo nosotros y se dejó llevar por la corriente. De haber querido podríamos haberlo tocado».

Y yo también. De haber querido podría haberlo tocado, pero en vez de eso salí del arrecife para seguirlo porque el agua estaba turbia y no lo quería perder. Por natural y sencillo que suene lo que acabo de decir, no es una buena idea. El tiburón ballena se suele mover contra corriente, aunque parece hacerlo despacio y sin esfuerzo. Pues bien, salí del arrecife a unos treinta metros de profundidad y a la altura de sus aletas pectorales, pero pronto me encontré aleteando detrás a un ritmo rápido y constante para no perder su estela. La cola batía ante mis narices como una enorme puerta de vaivén. Aceleré para mejorar de posición poniéndome en paralelo, pero el sobresfuerzo me fatigó de tal modo que empecé a jadear de forma incontrolable. Pensé que el regulador se había estropeado porque no me proporcionaba suficiente caudal de aire, y entonces sentí un golpe de calor, me puse a sudar en el traje de neopreno en medio de una corriente fría. Reaccioné como un novato. No vi más salida a aquel aprieto que escapar a superficie cuanto antes para respirar aire a pleno pulmón con la boca abierta. Y eso hice. Seguí jadeando mientras subía, pero al tercer aletazo se me encendió la luz y recordé una situación semejante que viví con Conchi, mi novia de cuando llevaba el club de buceo en Motril.

Sucedió durante una inmersión en El Naranjito, un pecio posado en el fondo arenoso entre veintiséis y cuarenta y tantos metros, a una milla de Cabo Palos. En cuanto saltamos al agua, todos fuimos al cabo de descenso salvo Conchi, que se encontró con dos nubes de vaho en los cristales de la máscara y empezó a intentar desempañarla mientras bajábamos. Sin darse cuenta, la corriente la iba alejando poco a poco del cabo y del resto del grupo, hasta el punto que decidí soltarme yo también para que no se quedara sola. Intenté convencerla de que se olvidara de la máscara mientras bajábamos, pero ella siguió intentando limpiarla obcecadamente hasta que de pronto se quedó bloqueada. No tengo idea de por qué, ni ella tampoco, pero así fue. Dejó caer los brazos y se quedó a la deriva con la máscara inundada y la mirada perdida. Entró en una especie de *shock* en el que parecía que todo le daba igual. Puede que aquello fuera un ataque de pánico pasivo, ya digo que no lo sé, pero su actitud era como si el cuerpo que se hundía lentamente en la profundidad del mar no tuviera nada que ver con ella, un avatar del que su verdadero yo podía prescindir. Yo la miraba perplejo. La corriente nos había arrastrado lejos y ya estábamos a unos treinta metros de profundidad. Decidí actuar. Agarré la grifería de su botella y empecé a remolcarla hacia donde yo calculaba que estaba el pecio. Ella se dejo hacer, no opuso ninguna resistencia, pero tampoco ayudó, de modo que a los dos o tres minutos empecé a jadear. La fatiga creció tan rápidamente que de pronto sentí que el regulador no me daba el aire que yo demandaba, como si estuviera obstruido. Entonces sentí pánico, mi mente me gritó que dejara todo y saliera disparado a la superficie, y es lo que hice. Pero llegando a los diez metros se activó en mi subconsciente otra voz más racional echándome en cara haber abandonado a mi pareja. Me paré. Me forcé a tranquilizarme, y en cuanto logré recuperar el ritmo respiratorio volví a bajar. Me dolía la cabeza, los primeros metros estaba totalmente desorientado, pero localicé las burbujas y di con mi compañera que entretanto había caído hasta el fondo y estaba de rodillas y quieta. Inmóvil. Lo primero que hice fue abrazarla para decirle que estaba allí, que no estaba sola, y vi en su mirada que me entendía. Luego me esforcé en hacerle comprender que debía seguirme despacio por el fondo, por donde había menos corriente, porque no podría remolcarla de nuevo. Por fortuna, ella asintió.

El recuerdo de Conchi hizo que me controlara en aquella inmersión en la isla del Coco. Me quedé en flotabilidad neutra y me forcé a recuperar un ritmo pausado de respiración. Me concentré, me quedé completamente inmóvil, y al momento noté que iba entrando el aire poco a poco, que recuperaba el ritmo, que volvía a la normalidad.

A partir de entonces, siempre que hay posibilidad de avistar tiburones ballena advierto a los que me acompañan que tengan mucho cuidado y no se dejen llevar por la emoción, aunque sé lo difícil que es. De hecho, lo volví a vivir en cabeza ajena buceando en Maldivas. El atolón de Ari es una zona donde es frecuente ver tiburones ballena nadando en superficie, pero a este lo vimos durante una inmersión con botellas. Pasó a menos de un metro de nosotros, y mi advertencia cayó en el olvido. Yo me mantuve en el lado derecho del tiburón haciendo fotos, y una amiga y sus hijos empezaron a aletear para rodear al animal y salir en pantalla. Toda la familia pataleó desesperadamente pegados al tiburón, hasta que la hija no aguantó la fatiga y salió disparada hacia la superficie arrastrando tras de sí a la madre y al hermano. Emergieron como después de una zambullida en una piscina: ni cuidado con la sobrepresión pulmonar, ni parada de seguridad, nada de nada. Tuvimos

mucha suerte, pero a mí el susto me duró unas cuantas horas hasta que comprobé que en efecto no había consecuencias.

La conclusión más obvia de todo lo que he contado sobre la fatiga es que no hay que perseguir a los tiburones, a no ser que seas Mauricio Hoyos y quieras marcarlos. Ya he hablado de Mauricio en capítulos anteriores, las inmersiones con él siempre son apasionantes, como cuando salimos a marcar una hembra grande de tiburón galapagueño.

Entramos por la cara sur de Roca Partida (Revillagigedo), moviéndonos entre veinte y treinta metros de profundidad. Para marcar tiburones Mauricio suele llevar aletas de apnea, largas y finas, para nadar más rápido y una hawaiana plega-

Mauricio Hoyos marcando tiburones en Revillagigedo.

ble de unos dos metros, una especie de fusil rudimentario con la marca insertada en la punta del arpón. Pero si no eres Alejandro Lemus y llevas botella, es difícil acercarse, hay que hacerlo desde arriba y por detrás, para que no te detecten ni con la vista ni con los sensores que les recorren los costados. A nuestro paso vimos tiburones de aletas plateadas, puntas blancas de arrecife, y por fin una hembra fuerte y grande, de unos dos metros y medio, de tiburón galapagueño. Mauricio

Página siguiente, tiburón galapagueño en Roca Partida.

se lanzó a una carrera enloquecida para alcanzar la posición adecuada, pero en el último momento el animal lo presintió y se escapó. Por suerte, entre un denso banco de peces vimos a otra hembra aún más grande, de casi tres metros y a unos veinte metros de distancia. Mauricio, incansable, reinició la carrera por arriba hacia la hembra. Yo me había distraído un momento reajustando el balance de blancos de mi cámara, y cuando volví a mirar, Mauricio ya estaba aleteando como un loco y me sacaba más de seis metros. La hembra se pegó un poco a la pared y Mauricio llegó a ponerse a un metro de distancia antes de lanzar la hawaiana y fijar el arpón con la marca en la base de la aleta dorsal. El tiburón dio un respingo y salió disparado hacia el lado izquierdo, subió a quince metros, luego giró hacia mí, dio un par de vueltas alrededor de nosotros y se perdió en el azul.

Pero para marcar a un tiburón ballena no hace falta calzarse aletas de apnea, el problema no es la velocidad, hay ocasiones que parece que están parados, puedo decir que, como en la isla del Coco, casi los he tocado en muchos sitios. En Galápagos, por ejemplo, los he visto en Seymour pero sobre todo en el Arco de Darwin. Recuerdo la sensación de saltar al agua prácticamente sobre varios ejemplares enormes y casi no poder verlos de la cantidad de vida que había entre ellos y nosotros, parecían flotar en *gringos*, como llaman allí a unos pequeños peces rojos que inundan el azul, como en el cuento de Simbad. Pero también he buceado con ellos en Mozambique (inolvidable acompañarlos en superficie mientras en la orilla se veían las dunas de la playa extenderse hasta el límite de la selva), en Moalboal (White Beach, isla de Cebú) surcando lentamente el azul a unos quince metros de profundidad y en el Boiler de San Benedicto (Revillagigedo), nadando entre mantas totalmente negras.

Se hace difícil pensar que alguien desee destruir tanta belleza, y no me refiero a la pesca tradicional de la que el ballena es objeto en países como Taiwán o Filipinas, donde es considerado un sabroso alimento, sino a los pescadores deportivos.

Zane Grey cuenta la ocasión en que se cruzaron con un tiburón ballena cerca del cabo San Lucas, en Baja California, y al principio no sabe qué pensar de él. Empieza diciendo que era de un «hermoso azul oscuro, punteado y manchado de plata brillante en toda su superficie», pero luego deja entrever que no le parece realmente hermoso, cuando añade: «La aleta dorsal era baja y corta, las pectorales enormes, aparentemente en forma de abanico, casi recordaban las alas de un colosal murciélago. El pez tenía una cabeza ancha y plana, similar a la del siluro, y medía cerca de dieciocho metros de largo». En fin, una quimera, un monstruo que había que destruir. A partir de entonces empezó la lucha por capturarlo, pese a ser conscientes de que nunca podrían sacarlo del agua, lo que Hunter S. Thompson llama «un tanto para el pescador».

En su relato *La gran caza del tiburón*, Thompson narra el episodio en que lo mandan a cubrir un concurso de pesca en Cozumel. Después de varios días de despropósitos abusando de todo tipo de estupefacientes, decidió tomarse en serio la

misión. Lo primero que se planteó fue entender qué era eso de la pesca, porque él creía que se trataba de enganchar a un buen monstruo marino del tipo que fuese, meterlo en el barco y luego comérselo, y sin embargo, llevaba varios días viendo a «una pandilla de negociantes carcas enloquecidos que, de vez en cuando, alzaban sombras oscuras por el costado de las diversas embarcaciones, justo lo suficiente para que algún ayudante de los de a dólar por hora pudiese cortar la sotileza y apuntar un tanto para el pescador».

Supongo que algo así pretendían Zane Grey y sus amigos, salvo que no es lo mismo liberar a un animal de una sotileza que de varios arpones.

El pez nadaba tranquilo, en superficie, ajeno al peligro. No es raro que no consiguieran clavarle un arpón a la primera, considerando que su piel puede llegar a tener diez centímetros de grosor. Por fin le acertaron en la cola, que dicen que sobresalía casi dos metros del agua. El tiburón se sumergió en un revuelo de espuma, pero al poco tiempo volvió a emerger y siguió nadando como si nada. Le clavaron entonces un nuevo arpón improvisado. El pez volvió a bajar e hizo correr el cabo por la borda varias decenas de metros antes de detenerse. Cuando ascendió de nuevo le calvaron otro hierro, y en esa ocasión el animal cambió de dirección agitando el mar y golpeando las lanchas con la cola para después nadar con más rapidez, aunque siguió en superficie. De pronto se sumergió hasta ciento ochenta metros y siguió arrastrando la lancha. Poco a poco los pescadores fueron recuperando los cabos creyendo que el animal ya estaría agotado. Les llevó casi una hora sacar al tiburón a la superficie. Una vez allí, arrastró un rato la lancha y luego se volvió a sumergir. Lucharon con él hasta el ocaso. Lo sacaron en cinco ocasiones y se sumergió otras tantas, cada vez a mayor profundidad. La última a más de quinientos metros, arrastrando tras de sí todo el cabo. Y el monstruo desapareció.

Claro que para Zane Grey y su partida el tiburón ballena no era el único monstruo que ensuciaba los mares, ellos no tenían reparo en liarse a tiros con una familia de orcas porque perseguían a los atunes y los ictiólogos —no especifica cuales—, recomendaban exterminarlas. También arponeaban delfines y mantas, a las que consideraban una buena captura deportiva porque podían tirarse el día entero peleando con ellas hasta dominarlas.

He reservado para el final el que creo que fue el mejor viaje que he hecho para ver tiburones ballena, el estrecho de Tadjoura en Yibuti, en el Cuerno de África. En Tadjoura las inmersiones son fáciles y seguras, y se aprecia más la paz y la tranquilidad que se respiran bajo el agua porque en Yibuti odian a los turistas. Les molesta que paseen por sus calles, que saquen fotografías y casi hasta que respiren.

Pero eso es lo de menos.

Pasé allí un fin de año, la época del desove de los cangrejos rojos (*Gecarcoidea natalis*). En esas fechas millones de estos crustáceos surgen de la selva como una marea imparable y llegan a la orilla del mar para aparearse y desovar. Se calcula que las puestas son de hasta cien mil huevos por hembra. En cuanto los huevos son liberados en el mar eclosionan las larvas, que crecen rápidamente a lo largo del siguiente mes. Durante ese tiempo, las aguas del estrecho de Tadjoura se convierten en una sopa cargada de nutrientes que atrae a los grandes filtradores del océano.

El tiburón ballena tiene unos dientes diminutos y residuales que no toman parte en su alimentación. La comida la obtiene filtrando agua a través de sus peines branquiales, y consta principalmente de plancton, fitoplancton, macroalgas y krill. A veces también ingiere calamares y bancos de peces pequeños como las anchovetas o sardinas y, por supuesto, larvas y huevos de crustáceos.

En Tadjoura, por la tarde, hacia la puesta de sol, era fácil ver de veinte a treinta tiburones ballenas juntos, comiendo. Se podía entrar en el agua con botella o en apnea, las lanchas debían moverse siempre con mucho cuidado esquivando animales porque se ponían verticales para comer sorbiendo el agua de la superficie con la boca abierta como grandes sumideros. Verlos así buceando era un espectáculo de fantasía, animales de diez y doce metros parados en vertical, abriendo y cerrando la boca para crear una corriente de agua, era como pasear por un bosque de secuoyas gigantes que se elevan hacia el cielo. A veces pasaban entre ellos bancos de bogas cerca de la superficie como si recorrieran los cañones de un macizo montañoso, y en todas las inmersiones era frecuente ver cangrejos rojos nadando entre aguas. Había tan-

tos, que una vez vi cómo un tiburón se tragó uno al sorber agua, y al momento lo escupió como un pipo de aceituna. El animalillo salió disparado dando vueltas hasta que recuperó el equilibrio y siguió nadando como si nada.

Por si no éramos conscientes de lo que sucedía a nuestro alrededor, una noche notamos que se acercaban nadando cangrejos al barco en el que vivíamos. Al principio unos pocos por un lado, otros por otro, al final por todas partes. El barco terminó rodeado de una franja roja de crustáceos de más de tres metros de ancho y dos de profundidad. No sé qué les atrajo del barco, quizás la luz, pero no pude resistirme a vestir el neopreno, tomar la cámara y atravesar aquella masa móvil e informe. Algunos compañeros saltaron conmigo en bañador y tuvieron que volver corriendo al barco para librarse de los picotazos. Nunca he vuelto a experimentar esa sensación de flotar en una masa de crustáceos vivos, y no sé si me gustó. Al día siguiente por la mañana no quedaba ninguno alrededor del barco, y cuando bajamos a tierra a tomar el sol encontramos una playa llena de cadáveres. Después del apareamiento muchos machos regresan a los bosques, pero las hembras, exhaustas, pagan el precio de la vida.

Capítulo 7
Mala fama

De tiburón a ballena. Golfos, pícaros y asesinos. Devoradores de carne humana. La ruta de los negreros. Errores de identidad

EN NUESTRA MEMORIA ha quedado fijado de forma indeleble el cartel de *Tiburón (Jaws)*, la película de Spielberg: una muchacha nada en la superficie de un mar tranquilo, ajena a la enorme boca con dientes de sierra que se dirige hacia ella. Es otra versión de la bella y la bestia pero sin final feliz. ¿Y cuántas veces no hemos imaginado ser esa muchacha mientras nadamos tranquilamente en una playa, o peor aún, en una zona donde el agua está turbia y no se ve el fondo? La novela de Peter Benchley y la película de Spielberg han marcado la percepción que tenemos de los tiburones al menos a un par de generaciones, pero ellos no son los únicos culpables de nuestros miedos.

Fotograma de la película *Tiburón* (1975).

En los últimos capítulos de *Las aventuras de Pinocho*, Carlo Collodi hace que al protagonista se lo coma un pez-perro (*pesce-cane*), que es como en la antigüedad y hasta el siglo XVI se conocía al tiburón, y lo hace bebiéndoselo de un respiro como si se tratara de un huevo de gallina. La fortuna hizo que fuera la misma fiera que se había comido a Gepetto dos años antes, de modo que padre e hijo se reencuentran en el estómago del monstruo y tienen ocasión de contarse sus aventuras. Pero se trata de un tiburón peculiar. Para empezar porque respira con pulmones y padece asma, y además porque tiene lengua. Gepetto dice que el tiburón lo atrapó con la lengua y se lo tragó como «un tortellino de Bolonia», y luego cuando intentan escapar y llegan a la boca, el narrador nos cuenta: «Comenzaron a andar de puntillas por la lengua, una lengua tan ancha y tan larga que parecía el sendero de un jardín…». No es raro que un tiburón con lengua y pulmones se acabara convirtiendo en una ballena con el paso del tiempo.

Ilustración de Roberto Innocenti para su versión de *Pinocho*, publicada en España por la editorial Kalandraka.

Y no es la primera vez que un tiburón sufre una metamorfosis semejante. De Jonás también se dice que se lo tragó una ballena, cuando el texto bíblico (*Libro de Jonás*, capítulo II) dice muy claro: «Dispuso Yahvé un gran pez que se tragase a Jonás, y Jonás estuvo en el vientre del pez tres días y tres noches» hasta que Yahvé dio orden al pez de vomitar a Jonás en tierra. Pez, pez, pez. Tres veces pez.

¿Y la ballena?

Jonás y la ballena, Folio del *Jami al-Tavarikh* (Compendio de Crónicas), Irán, c.1400.

Bien puede ser que el autor del *Libro de Jonás* estuviera tan confundido como Melville cuando en el capítulo XXXII de *Moby Dick,* dedicado a la cetología, afirma con gran seguridad: «Sabed, pues, que, pese a los argumentos que se han dado, opto por la vieja creencia existente en el mundo de que la ballena es un pez». Lo que demuestra dos cosas: que tenía tan pocos conocimientos de fisiología y anatomía de las ballenas como Collodi de la de los tiburones, y que para escribir un gran libro lo fundamental es la imaginación del autor.

Pero el hecho de que el tiempo haya transfigurado a los tiburones en el papel, no afecta a que en origen su solo nombre inspirase miedo, porque el término «tiburón» se incluyó desde muy pronto en el vocabulario del hampa cargado de connotaciones negativas.

En *La celosa de sí misma*, a Tirso de Molina, uno de los autores más brillantes del Siglo de Oro, no se le ocurrió mejor imagen para denigrar a la pobreza que compararla con Sacripante, Brunelo, un caimán o un tiburón. Sacripante y Brunelo se utilizaban habitualmente como sinónimos de pícaros, golfos o sinvergüenzas, personajes con más o menos el mismo talante moral que se le suponía a un caimán o a un tiburón. Alguno de esos sí he conocido, lo reconozco, golfo y sinvergüenza, que me perdonen los tiburones, y encima era mi tocayo.

Cuando abrí mi primer centro de buceo en Motril yo era tan solo «buceador dos estrellas» y necesitaba un instructor en el centro que impartiera los cursos y firmara las licencias. Ahí es donde entró en escena el sujeto en cuestión. El tipo era *master instructor* PADI[3], y al principio todo fue rodado. De hecho estábamos pensando refundar la empresa como socios, hasta que me fui de viaje a Cuba. Me hacía especial ilusión aquel viaje porque tenía la intención de buscar a Alside, mi primer instructor, para decirle lo importantes que habían sido para mí sus palabras, y así lo hice. El reencuentro fue emocionante, más aún porque después de tantos años él también se acordaba de mí, y para demostrarlo me enseñó una caricatura que le dibujé en mi primera estancia y que había conservado con cariño.

De regreso a Motril me crucé en la puerta con un marinero del Club Náutico que me preguntó qué tal nos iba en el nuevo local. ¿Cómo? ¿Nuevo local? Sí, tu socio nos dijo que

[3] Professional Association of Diving Instructors.

os cambiabais de sitio, de hecho nos pidió la llave para hacer la mudanza, pero como no la teníamos tuvimos que partir la cadena. ¿Rompisteis la cadena? No quise escuchar más. Corrí al local y, como temía, se lo había llevado todo: botellas, trajes, reguladores… Todo. Todo. Me dejó pelado. Llamé a sus padres, que se sorprendieron de que todavía hubiera alguien que se fiara de su hijo, lo denuncié a la Policía y hablé con la oficina central de PADI. Me enteré entonces de que ya lo habían denunciado por innumerables estafas. Al parecer cobraba viajes que no organizaba, cursos que no certificaba y qué sé yo la cantidad de chanchullos de los que yo no tenía ni idea. Lo último que supe de él fue cuando salió su foto en el *Undersea Journal* de PADI como si fuera el quinto Dalton. Desde entonces, por suerte, no he vuelto a tener noticias suyas.

En su *Tratado de monstruos: ontología teratológica,* Héctor Santiesteban llama la atención sobre el hecho de que, como hace Tirso de Molina a pequeña escala, otorguemos a los tiburones cualidades humanas. Decimos de ellos que son asesinos, cuando en realidad matan para comer, y que son crueles y malvados, como si tuvieran una conciencia tan desarrollada que les permitiera sentir esas pasiones. En general se le suponen sentimientos bajos y se le dan sustantivos y adjetivos insultantes, aunque, más que desprecio, cuando a alguien se le llama tiburón lo que infunde es miedo. Eso ya lo sabía Salman Rushdie cuando bautizó como *Shark* a la tribu asesina de Jahilia que retrata en *Los versos satánicos*: «Las cuatro ramas de la tribu de *Shark* controlan distintos secto-

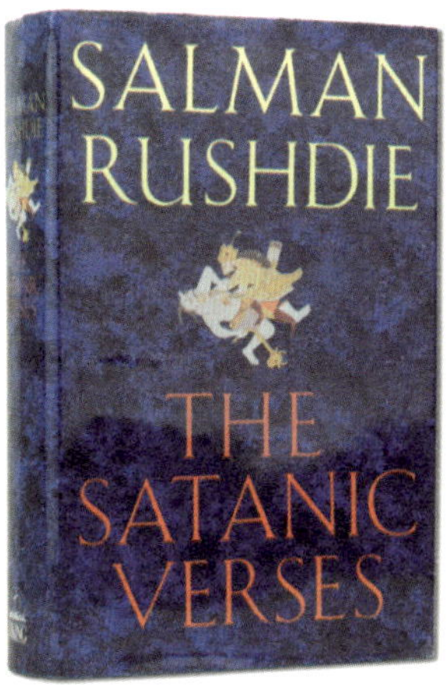

Primera edición de *Los versos satánicos* (1988), de Salman Rushdie.

res de la feria», dice el autor indio. «Los perfumes y especias, en las Tiendas Escarlata, y los tejidos y cueros, en las Tiendas Negras. El grupo de Pelo de Plata se encarga de los metales preciosos y las espadas. La diversión —dados, danzarinas, vino de palma, hachís y *afeem*— compete a la cuarta rama, los Dueños de los Camellos Moteados, que también dirigen el mercado de esclavos».

Y puestos a ser sinceros, también he conocido a tiburones de esos que dan miedo.

Un año después de inaugurar el Centro de Motril se presentaron en el mes de mayo o junio dos tipos con traje gris, no elegantes pero limpios, peinados a raya los dos, sin gomina, morenos, recios, uno bastante más alto que el otro. Salí a atenderlos pensando que querían hacer algún curso, pero no perdieron ni un minuto en dejarme clara su misión, que no era otra que aconsejarme que dejara el negocio. Aquello estaba fuera de toda lógica, tenía un contrato vigente, era un buen arrendatario, no había ninguna queja, pero todo eso a ellos les resultó irrelevante. Se limitaron a reformular su demanda original entreabriendo las chaquetas para enseñarme sus armas. Me quedé paralizado. Quiso la fortuna que en aquel momento pasara por allí el comodoro, y me vio con tal cara que preguntó si me pasaba algo. Sí, respondí, que estos señores me están amenazando para que me vaya de aquí. El comodoro se extrañó, entabló conversación con ellos, empezó a discutir mientras los conducía discretamente hasta la calle frente al puesto de Aduanas de la Guardia Civil, y allí se lio a puñe-

Patio de Monipodio en el cuadro *Rinconete y Cortadillo* (1881), de Arturo Moreno y Calvo.

tazos. Un hombre bragado, el comodoro. A los tipos los detuvieron en el acto, pero la Policía me dijo que tenía poco que ganar y mucho que lamentar si optaba por hacer respetar mis derechos. La temporada siguiente me fui al Hotel.

Aquellos dos trajeados eran unos bravos como Chiquiznaque y Maniferro en tiempos de Monipodio y su cofradía, que retrata Cervantes en *Rinconete y Cortadillo*, dos jaques, como se llamaba en el siglo XVII a los matones perdonavidas, y por extensión a los tiburones. Por eso se llama jaquetón al gran blanco, porque es el mayor de los jaques, al que todos temen. Al que todos deben temer. Pero no solo por su fiereza, sino por su fría indiferencia al dolor ajeno, por su cruel amoralidad. Emma Cline describe en *Las Chicas* a Susan Atkins, Patricia Krenwinkel y Leslie Van Houten, las mujeres del clan Manson implicadas en los asesinatos en la casa de la embarazada Sharon Tate y de la familia LaBianca, como «gráciles y despreocupadas, como tiburones cortando el agua». La metáfora es certera porque nos produce un escalofrío, pero se equivoca Cline y nos equivocamos todos al comparar la imagen de esas asesinas frías y despiadadas que caminan riendo y cantando por los pasillos de los juzgados ajenas al dolor que habían causado, con unos pobres tiburones cuyo único delito es surcar el agua con elegancia.

Las Chicas del clan Manson camino de comparecer ante el juez.

Pero la mala fama de los tiburones es inmensa y difícil de obviar. Gonzalo Fernández de Oviedo, cronista y naturalista, dice en su *Historia general y natural de las Indias* publicada en 1527 que el tiburón «es grande pescado, y muy suelto en el agua, y muy carnicero», pese a que ya hemos visto que hay muchas especies como los nectobentónicos, los *raggies* o el tiburón ballena, a los que es posible tratar sin temor alguno, incluso establecer con ellos algún tipo de contacto físico.

Sin embargo, ¿es seguro acercarse al resto?

Aceptemos que el tiburón carece de una imagen antropomorfa simpática, es imposible concederle la sonrisa del delfín ni la mirada lánguida de la beluga. Sus ojos son fríos y su mirada penetrante, y cuando crees que la fija en ti sientes ganas de esconderte, porque es difícil liberarse de la idea de que los tiburones nos acosan, nos rondan y en cuanto pueden, nos atacan.

Los europeos se encargaron de alimentar esa leyenda creando una verdadera fuente de carne humana durante la época de la trata, cuyo horror inmortalizó William Turner en su cuadro *Barco de esclavos*, a raíz de la tragedia del Zong. El drama se inició cuando su capitán, John Collingwood, cayó en la cuenta de que, por un error de navegación, iban a andar escasos de agua y comida, y el cargamento de esclavos que transportaba llegaría muy deteriorado a puerto, con el agravante de que si la carga moría una vez desembarcados el seguro no se haría cargo de las pérdidas. Sin embargo, si morían en el trayecto a causa de lo que se definía como una «avería gruesa», el seguro debería abonar treinta libras por cabeza. Ante semejante disyuntiva, el capitán decidió tirar por la borda a más de la mitad de la carga. El caso provocó un escándalo y la reacción de los grupos antiesclavistas de los que formaba parte Turner, que quiso ilustrar el horror mediante un barco que se aleja entre nubes de tormenta dejando a su paso un rastro de esclavos devorados por tiburones.

Pero el caso del Zong no fue único ni excepcional, el hecho de que los tiburones seguían a los barcos negreros lo reflejan muchos capitanes, oficiales y pasajeros en sus diarios y bitácoras, y pasaron a la literatura, como en el poema *Las estaciones*, de James Thompson. Hasta casi nuestros días hemos visto que los escualos acuden en masa cuando el mar se llena de cadáveres humanos, también ocurrió en el hundimiento del *USS Indianapolis*, en la Segunda Guerra Mundial, pero no creo que eso justifique la acusación de que tienen «vasta codicia por la carne humana», como diría el naturalista británico Thomas Pennant en 1770, o que se los trate de «comedores de hombres» como el monstruo que desea pescar en una especie de rito de paso viril el protagonista del cuento de Hunter S. Thompson *La gran caza del tiburón*. En un espacio casi vacío como es el océano, es natural que los depredadores aprovechen cualquier fuente de alimento que surja, aunque ese no es el caso que refleja Jesús Castellanos en su cuento *La agonía de la Garza*.

La Garza era una vieja balandra en la que unos pobres carboneros y sus familias llevaban al mercado su mercancía, cuando una tormenta volvió el casco del revés. Empezó entonces un episodio dantesco: «Al ruido del agua, al olor de la carne humana que se prodiga, un remolino pequeño se produjo allí cerca y, rasgando el moaré negro, asomó visible, siniestra, terrorífica, una espoleta cartilaginosa. Nadie chistó, pero por todos los poros brotó un sudor frío. El tiburón, más temible que los huracanes y los incendios, estaba allí, esperando… Y al primer remolino siguió otro, y otros, y en breve hubo un radio pequeño en que una tribu de monstruos, mantas, tiburones, rayas, se disputa-

En *La tragedia del Zong* (1840), de William Turner, se aprecian tiburones y peces comiéndose a los esclavos sacrificados.

ba a dentelladas la presa futura, siguiendo las oscilaciones de una caja rota en medio del mar, adornada con cinco espectros a manera de cresta. [...] Pero la familia de monstruos se impacientaba y sus feroces tumultos súbitos esparcían sobre las espumas un hedor acre. Acaso el hambre les dio ánimo y uno de los escualos, sacando su masa blancuzca sobre el agua, acometió un costado de la barca [...] Gaspar se incorporó convulso: una tintorera ágil como una anguila saltaba sobre el muchacho: y fue un clamor agudo como el de un cuerpo apuñaleado... Las fauces chapotearon, las aletas chocaron con fofo rumor.

«Gaspar el negro perdió la razón en aquel minuto: salvaje, vuelto a su gallardo abolengo africano, se lanzó al agua puñal en mano, abrazando frenético un lomo pizarroso que le huía. Seis, ocho, diez tiburones "engolados", codiciosos, se repartieron sus pedazos poniendo un charco tibio y rojo en la gran masa de agua fría».

Espeluznante. Aquí no hay cadáveres ni sangre en el agua, solo la fría determinación de unos devoradores de hombres. En el cuento de Castellanos solo el narrador sobrevive al naufragio, lo rescatan al amanecer con la cabeza un poco perdida, por eso le disculpamos que sostenga que el «olor de la carne humana» atrajo a los monstruos, que les haga comportarse como cocodrilos o que mezcle en una orgía de sangre a tiburones, mantas y rayas. Así se convierte la relación de los hombres con los tiburones en un inmenso campo de mitos y leyendas, apoyadas también en datos de tanto rigor como la afirmación de Melville de que los tiburones detestan la carne amarilla, motivo por el cual los balleneros contrataban asiáticos para sumergirse en caso de necesidad.

Por otra parte, es frecuente escuchar o leer declaraciones de expertos que afirman que los tiburones atacan a las personas por error, porque se confunden, o bien porque son atraídos por los estertores de las piezas que capturan los pescadores submarinos, pero que rara vez atacan a un buceador.

Que se confunden está claro, y no solo con personas. Cuando fuimos a Simon's Town (Sudáfrica) a ver el *breaching*, que es como llaman a los saltos que dan los tiburones blancos fuera del agua, nos quedó muy claro el por qué de los ataques a surfistas. El barco se movía en torno a Seal Island, una zona profunda de acantilados donde los grandes blancos suben en vertical desde la profundidad como una flecha para sorprender a las presas que se mueven por la superficie y con la inercia de la embestida salen enteros fuera del agua. El barco arrastra un señuelo, una tabla con la silueta de un león marino, y es impresionante ver cómo atacan los tiburones y hacen volar el señuelo. El agua es muy turbia, de modo que puedes imaginar el resultado si el lugar del señuelo lo ocupa un surfista, o un nadador.

Y sin embargo, lo que he dicho antes no es cierto, porque sí hay registrados ataques a submarinistas con escafandra autónoma, aunque los detonantes parecen más debidos a torpeza de los buceadores que a avidez de los animales.

Lo primero que hay que aprender es que no nos podemos comportar igual con todos los tiburones, cada especie tiene sus peculiaridades y es importante conocerlas. No hay ningún problema en bucear con nectobentónicos, *raggies* o puntas blancas de arrecife, hay poco que saber, basta con no meterles la mano en la boca y no bloquear las salidas de las cuevas; en fin, cosas elementales, pero hay otros tiburones de los que sí hay registrados ataques y que han causado muertes, como el *longimanus*, el tigre y el toro. Bucear con ellos es más complicado, pero se puede hacer con normalidad en muchas partes del mundo. Para hacerlo tranquilos debemos liberarnos del mito de que son comedores de hombres. No lo son. Aunque ocasionalmente hayan devorado humanos, no somos su comida, pero ¿lo saben ellos?

¿Qué comen los tiburones?

Capítulo 8

Buceadores en su tinta

Tiburones omnívoros. Buceo con cebo en cajas. Puntas negras oceánico. Mako y tintorera en las Azores. Intento en Columbretes. Tiburones tigre, mis favoritos. Consejos previos a toda inmersión

CUENTA MARIO JAIME en su libro *Tiburones. Supervivientes en el tiempo* que en 1716 un marinero anónimo escribió en su diario: «El tiburón es un pez muy voraz y algunos de ellos son muy vastos [...] con sus enormes mandíbulas podrían devorar fácilmente el cuerpo del marinero más robusto que tenemos a bordo [...] son grandes amantes de la carne humana».

Cubierta de *Tiburones. Supervivientes en el tiempo*, de Mario Jaime.

La idea de que los tiburones eran amantes de la carne humana, venía en parte avalada por el hecho de que siguieran a los barcos esclavistas y su reguero de cadáveres, y en parte por un punto de pundonor antropocentrista en una época en la que el hombre era el centro de la Creación. ¿Cómo no les va a gustar la carne humana si es lo mejor de lo mejor?

Porque en principio pensamos que los tiburones comen de todo, como los cerdos, o como los osos, que son una especie de omnívoros marinos que no le hacen ascos a nada, ni siquiera a la fruta como en el cuento de Roald Dahl *James y el melocotón gigante.*

Cubierta de una edición española de *James y el melocotón gigante.*

En esa historia, James y sus amigos, un heterogéneo grupo de insectos, viajan en un inmenso melocotón que flota sobre el mar, cuando de repente se ven sorprendidos por un gran banco de tiburones que se arrojan a devorar tan peculiar nave. A su alrededor el agua parece hervir de tanta actividad y todos temen por sus vidas, pero cuando al fin se retiran los escualos, los tripulantes comprueban que apenas han mordido la esfera carnosa. En ese caso fue por imposibilidad física, el diámetro del melocotón impedía que las bocas de los tiburones lograran hincarle el diente.

No ocurría lo mismo cuando un banco similar de tiburones se lanzaba contra una ballena sujeta al costado de un barco, como escribe Melville en *Moby Dick*. «Eran tales enjambres de tiburones que si se le dejara así, digamos, durante seis horas seguidas, por la mañana no se encontrarían más que el esqueleto», dice el viejo marinero, para luego añadir: «En el caso de los tiburones del Pequod no sucedió de este modo, aunque cualquiera que, poco acostumbrado a estos espectáculos, hubiera mirado aquella noche por encima de la borda, hubiera podido considerar el mar como un gran queso y aquellos animales pululantes los gusanos del mismo». En definitiva, algo parecido a lo que vieron y sintieron los amigos de James cuando el enjambre de tiburones se lanzó contra su melocotón.

En *Relato de un náufrago*, Gabriel García Márquez cuenta la situación de una lancha a la deriva, que se convierte en referencia y refugio de peces en mar abierto, y por tanto, foco de atracción para los tiburones. El náufrago dice: «Todos los días, con asombrosa puntualidad, los tiburones llegaban a las cinco. Había entonces un festín en torno a la balsa. Peces enormes saltaban fuera del agua y pocos momentos después resurgían destrozados. Los tiburones, enloquecidos, se precipitaban sordamente contra la superficie sanguinolenta». Pero ninguno le ataca a él, el náufrago es testigo de la cacería día tras día, pero ningún escualo huele su carne ni salta fuera del agua para capturarlo. Los tiburones persiguen y cazan peces, que es su comida, y la concentración de presas y su chapoteo cerca de la superficie es lo que los atrae.

En mi largo proceso de aproximación a los tiburones he participado en muchas inmersiones donde se los atrae con cebo, aunque no se los alimenta propiamente, y esa es una buena forma de convencerse de que no somos su comida, porque los animales se mueven entre los buceadores sin mayor problema. Su interés se centra en el pescado. Una de las experiencias más intensas de este tipo es la que se hace en Sudáfrica con tiburones de puntas negras oceánicos.

El tiburón de puntas negras oceánico (*Carcharhinus limbatus)* tiene un cuerpo robusto pero hidrodinámico, con un hocico largo y puntiagudo y ojos relativamente pequeños. El color de su cuerpo va de gris a marrón, con el vientre blanco y una línea blanca a lo largo de sus flancos. Todas sus aletas, de la dorsal a la caudal, tienen los bordes y las puntas negras. Es un tiburón al que tengo especial aprecio porque es el pri-

Página siguiente, entre tiburones puntas negras oceánicos.

mero que vi en Maldivas con silueta de tiburón clásico ocho años después de haber visto a los nodriza en Cuba.

Al amanecer, los sudafricanos preparaban la bola de cebo, una esfera de plástico rígido agujereada de unos treinta centímetros de diámetro, rellena de trozos de sardina. El tiburón de puntas negras oceánico se alimenta de tiburones más pequeños, algunos crustáceos, erizos de mar y peces óseos como arenques, anchoas y, sobre todo, sardinas. Hacia las siete salíamos del pueblo en jeep y embarcábamos en las neumáticas en la playa o el río, dependiendo del viento y la marea, como cuando íbamos a bucear con los *raggies*. El patrón de la lancha era un caucásico con el pelo rapado y los pies anchos como palas de trinquete, de esos que nunca han visto un zapato, una especie de Huckleberry Finn jubilado que vestía un jersey de lana gruesa a pesar de que las temperaturas ya eran altas a esas horas de la mañana. Su cara, manos y pies eran de color carmelita, que diría un tabaquero.

La lancha se detenía aparentemente en mitad de ninguna parte, echaban una boya sujeta a la lancha con un cabo largo, y de ella colgaban la bola con el cebo lastrada para que se mantuviera a unos diez o doce metros en aguas libres.

Los buceadores saltamos al azul y nos distribuimos a unos diez o quince metros alrededor de la boya. No se veía el fondo, los rayos del sol se perdían en la profundidad como se diluye el agua de una cascada en un cantil infinito. Nada más saltar ya había algunos tiburones, y «no era un accidente» como dice Hemingway en *El viejo y el mar* refiriéndose al primer ladrón de la pesca del viejo. «Había surgido de la profundidad cuando la nube oscura de la sangre se había formado y dispersado en el mar a una milla de profundidad. Había surgido tan rápidamente y tan sin cuidado que rompió la superficie del agua azul y apareció al sol».

He hecho varias veces esta inmersión, pero ninguna como con una *divemaster* a la que llamaban Rae. Era una mujer joven, de menos de treinta años, calculo, pequeña, fibrosa, de aspecto andrógino, rubia y de ojos azules, la media melena siempre recogida en una coleta y cubierta con una gorra de béisbol. Rae manejaba la bola de cebo con desparpajo, se quedaba a su lado y la agitaba sin parar hasta que había más de treinta tiburones rondando entre nosotros, buscando, nerviosos pero a la vez ignorándonos. Y si por algún motivo veía que bajaba el interés de los escualos, abría la bola y les daba trozos de pescado. El espectáculo entonces era de puro nervio y electricidad, daba gusto verla, parecía en comunión con los animales, y ellos se agitaban tanto y se movían tan rápido que a veces llegaban a saltar fuera del agua.

Hice buenos amigos en Sudáfrica, gente dura, no sé cómo tendrían los bazos, pero los hígados eran de acero inoxidable, porque después de tres inmersiones con sus respectivas salidas y regresos desde la playa, lo primero que hacían era tomarse una enorme cerveza con un chupito para subirle unos cuantos grados. Pero al día siguiente, a las 5:45 a.m. se presentaban siempre en perfecto estado de revista y listos para empezar un nuevo día. No decaían nunca. No como yo, que ni tengo el bazo hipertrofiado ni metabolizo bien el alcohol. Aún recuerdo con vergüenza la vez que salté al agua con las gafas de sol en vez de con la máscara en aquel glorioso primer verano que pasé en mi flamante centro de Motril. Se pueden imaginar: verano, veinticinco años, instructor de buceo, la novedad. El paraíso. Muchos sábados daban las 8 de la mañana y seguía de marcha, y más de una vez fui directamente de la discoteca a la primera inmersión del día. Ahora creo que eso pasó en otra vida.

En España hemos intentado atraer con cebo a tiburones de mar abierto, en particular makos y tintoreras en La Graciosa y Columbretes, pero sin mucho éxito, aunque en Canarias hemos llegado a ver aletas de tiburones martillo.

Lo que hicimos fue poner en práctica un curso de comportamiento de tiburones que dio para los guías de buceo de las Azores el doctor Erich Ritter, un experto biólogo norteamericano a quien un tiburón toro arrancó gran parte del gemelo de su pierna izquierda, aunque de eso ya hablaré más tarde. Baste por ahora decir que es un hombre de mediana edad con la cabeza rapada y una cuidada perilla que le alarga el rostro redondo, y que si bien era reservado en lo personal, se volvía expansivo cuando se trataba de tiburones o de narrar su accidente.

Durante casi una semana estuvimos entre las islas Pico y Fallal, en mitad del Atlántico, entre veinticinco y treinta millas de ningún sitio habitado, aprendiendo etología e intentando atraer a los pelágicos, tiburones que viven hasta a trescientos metros de profundidad. Su sistema para esto último se basaba en una pequeña red de cajas de fruta rellenas de cebo que hacían las veces de las migas de pan de Pulgarcito. A unos veinticinco metros de distancia del barco colocaba una boya de la que pendía la primera caja, lastrada a unos treinta metros. La segunda colgaba del mismo cabo entre diez y quince metros, y a un metro de superficie colocaba la tercera. En el cabo que iba de la boya al barco, ataba otra boya más pequeña también con cebo, y por último, colgaba otra caja por debajo del barco.

Una vez tendido el reclamo, solo cabía esperar, y eso hicimos. El mar estaba tranquilo, el sol lucía en todo lo alto y a nosotros nos podía la ansiedad después de cuatro días encerrados abordando solo la parte teórica de la vida de los escualos. Pasadas tres horas, subieron. Rápidamente nos pusimos los trajes, comprobamos la dirección de la corriente y saltamos en el punto opuesto más alejado.

Una pareja de tintoreras.

Solo acudieron una tintorera, o tiburón azul, como se lo conoce popularmente, y un mako.

Me encantó ver al mako, porque es como un tiburón blanco en pequeño, y al mirarlo de cerca comprobé lo precisa que es la descripción que de él hace Ernest Hemingway en *El viejo y el mar*: «Su lomo era tan azul como el de un pez espada y su vientre era plateado y su piel era suave y hermosa». Nada más exacto, el cuerpo del mako

Página siguiente, tiburón mako.

se parece al de un marlín o un atún, fuerte, musculoso, con los dos lóbulos de la cola de igual tamaño para conseguir mayor velocidad, hasta 110 kilómetros por hora, el mako es el guepardo del mar. «Estaba hecho como un pez espada», insiste Hemingway, «salvo por sus enormes mandíbulas, que iban herméticamente cerradas mientras nadaba, justamente bajo la superficie, su alta dorsal cortando el agua sin oscilar». El que yo vi llevaba la boca entreabierta, de modo que pude intuir cómo «sus ocho filas de dientes se inclinaban hacia dentro. No eran los ordinarios dientes piramidales de la mayoría de los tiburones. Tenían la forma de los dedos de un hombre cuando se crispaban como garras. Eran casi tan largos como los dedos del viejo y tenían filos como de navajas por ambos lados. Este era un pez hecho para alimentarse de todos los peces del mar que fueran tan rápidos y fuertes y bien armados que no tuvieran otro enemigo». Yo no sabría decirlo mejor, y recalco la parte en que el escritor norteamericano afirma que todo en él era hermoso, y me ahorro las salvedades.

Spencer Tracy, en la versión de *El viejo y el mar* dirigida en 1958 por John Sturges.

Nosotros nos quedamos en superficie, y ellos se movían entre tres y ocho metros alrededor de nosotros, siempre inquietos y desconfiados.

Ya digo que ese mismo sistema lo utilizamos en Columbretes, donde también hay tintoreras y makos, y para ver si reducíamos el tiempo de espera añadimos la técnica sudafricana de sopa con pescado machacado y sangre que arrojamos por la borda rítmicamente con un cazo para que la corriente la dispersara, pero fue en vano. No apareció ninguno. Y eso que en ocasiones se han visto, no olvidemos que en el litoral español habitan cuarenta y una especies de tiburones.

La otra experiencia especial de este tipo de buceo con cebo en caja fue con tiburones tigre y la he dejado para el final porque también es el principio de una larga e intensa relación que iremos viendo en los sucesivos capítulos.

El tiburón tigre (*Galeocerdo cuvier*) es uno de los mayores depredadores marinos que existen, pudiendo llegar a alcanzar una longitud de siete metros. De hecho, un tigre posee el récord de ser el ejemplar más grande jamás capturado, mayor incluso que el más grande blanco fehacientemente documentado. Al tigre se le distingue bien porque tiene el morro chato, la cabeza grande y aplastada, y el lomo azul verdoso manchado con una serie de franjas oscuras transversales que se van difuminando con la edad. Habita en aguas tropicales y templadas, y a pesar de moverse con lentitud, está considerado como el segundo tiburón más peligroso para el hombre porque posee el funesto récord de ser el que más vidas ha segado en las playas de todo el mundo.

En su alimentación caben todo tipo de presas: mamíferos, otros tiburones, calamares, crustáceos, rayas, peces, tortugas, carroña… En fin, de hacer caso a Collodi come hasta barcos, ancianos y muñecos, porque lo más probable es que el autor italiano pensara en un tigre cuando imaginó al tiburón que se tragó a Pinocho y a Gepetto, y que antes se había tragado de

Ilustración de Manuel Alcorlo para la edición de *Pinocho* publicada por Reino de Cordelia en 2016.

un bocado un barco entero «cargado de carne enlatada, de bizcocho, es decir, de pan tostado, de botellas de vino, de uvas pasas, de queso, de café, de azúcar, de velas de estearina y de cajas de cerillas con cera…». Y menos mal, porque gracias a todo eso el buen anciano pudo sobrevivir dos años en el estómago del animal. Como seguro que también fue un tigre el tiburón que Andrés de Tapia, cronista y soldado en la expedición de Hernán Cortés, cuenta que capturaron en febrero de 1519 en Punta Mujeres. Al abrirlo descubrieron que tenía «en el cuerpo más que treinta tocinos de puerco, e un queso, e dos o tres zapatos, e un plato de estaño, que parecía después haberse caído el plato y el queso de un navío que era del adelantado Alvarado […] La carne que se sacó del pescado comimos, porque estaba más desalada que la otra, y sabía mejor».

Es curioso cómo esta escena escrita en el siglo XVI recuerda a la evisceración del tigre en la película *Tiburón*, cambiando el plato de estaño por la matrícula de coche.

Pues bien, para bucear con tigres atraídos con cebo el mejor sitio es Tiger Beach (Bahamas), un bajo de arena muy amplio que sube hasta cinco metros de la superficie en el que es habitual ver hembras de tiburón tigre y ejemplares de ambos sexos de tiburones limón. Lo localizó hace más de veinte años Scott Smith, y hoy en día lo frecuentan el propio Scott, Jim Abernethy, que empezó trabajando con él, y algún otro barco. Yo he buceado con ambos, y el sistema que siguen es muy parecido.

Nada más llegar, colocan cinco cajas llenas de cebo alrededor del barco, alguna de ellas colgada entre dos aguas, y cuando empiezan a entrar los tiburones arrojan además grandes trozos de pescado atados con cabos para atraerlos aún más cerca. Eso es lo que llaman *wrangling*, y resulta emocionante porque el tiburón muerde el cebo y si el que maneja el cabo es un poco hábil puede conseguir que se vea cabecear al animal con medio cuerpo fuera de agua. En realidad, merece la pena ir a Tiger Beach aunque solo sea por ver rondar a los escualos cerca de la embarcación y observar cómo siguen el cebo en superficie.

Antes de saltar por primera vez siempre hay una reunión informativa sobre el comportamiento que hay que seguir durante la inmersión y una revisión de equipo. Es aconsejable llevar capucha y guantes de material oscuro, para que los tigre no confundan un reflejo de la piel con un pez, y bastón de plástico para usarlo como barrera si los tiburones se acercan demasiado.

Respecto al comportamiento, hay cuatro normas básicas. La primera es moverse poco y hacerlo siempre despacio, manteniendo la calma. Ni pataleos bruscos ni nada que llame la atención de los escualos. En segundo lugar, los descensos y ascensos deben ser algo más rápidos de lo habitual, nunca entretenerse charlando en superficie, esa es la mayor zona de riesgo porque es donde ellos suelen alimentarse. La tercera es que una vez abajo, los buceadores deben mantenerse juntos, arrodillados en el fondo y colocados en formación de «V».

En la página siguiente, Karlos Simón nada con un tiburón limón en Tiger Beach (Bahamas).

KARLOS

De ese modo se tiene siempre controlada la entrada y salida de los tiburones y cada buceador vigila la espalda de un compañero y así puede avisarlo si algún ejemplar se aproxima demasiado por detrás. Y por último, bajo ningún concepto se debe tocar el cebo que lleva el guía, que se coloca en la punta de la «V». En caso de rotura de alguna de las cajas de pescado, los buceadores deben alejarse lo máximo posible de ella.

En mi primera inmersión se me disparó la adrenalina en cuanto indicaron que había que saltar. En ese momento había junto al barco cuatro o cinco tiburones tigre y media docena de limón, de modo que parecía imposible no caer encima de alguno. El fondo estaba a solo cinco o seis metros, el descenso era muy fácil, solo había que dejarse caer sin patalear demasiado. Salté con el chaleco vacío y los pulmones en exhalación, caí como un plomo, casi toqué el fondo antes de darme cuenta de lo que me rodeaba. Los tiburones se habían apartado un poco por la deflagración de los saltos, pero volvieron rápido a ver qué había pasado.

Una vez en mi sitio, la sensación fue indescriptible, como estar sentado en el centro de un prado con los seis morlacos de una corrida pastando a mi alrededor. Había ejemplares de hasta cinco metros que empezaron a cerrar el círculo poco a poco en torno a nosotros. Cuando tomaron confianza, uno se decidió a entrar por la boca de la «V» y se deslizó suave y lentamente por el pasillo que formábamos los buceadores. La expectación era increíble. En esos momentos se podía contemplar al tiburón a solo un par de metros de distancia. Las cámaras comenzaron a disparar. Tan relajados y tan confiados estaban los escualos que los acercamientos eran cada vez más extremos, a un metro, a medio, incluso contactaban con nosotros siguiendo el rastro del cebo. Los impactos eran leves, casi todos contra las cámaras y los bastones, pero no todos reaccionaban igual, las diferencias de comportamiento no son solo entre especies, también entre individuos (ya lo veremos en el siguiente capítulo), al final todo es cuestión de carácter. Había uno especialmente curioso que en un momento dado nos hizo pensar que era mejor levantar el campo. En pocos minutos estábamos todos en la plataforma del barco sin palabras que expresaran lo que acabábamos de vivir.

Capítulo 9
Cuestión de carácter

Elke Bojanowski. El camino del *longimanus*. Atracción por el blanco. Situación comprometida. Lagertha, reina de Dinamarca.

La única situación que he vivido cercana a un ataque de tiburón fue buceando con *longimanus*, un particular tipo de escualo con el que mejor se puede constatar la importancia del carácter.

El *Carcharhinus longimanus*, también conocido como tiburón oceánico de puntas blancas, es un tiburón pelágico que resulta fácil de ver en el Mar Rojo, en torno a los arrecifes de las islas de Elphinstone, Daedalus y Brothers, desde finales de septiembre hasta mediados de diciembre. La tierra visible de las tres es escasa y árida, pero bajo el mar se extienden unos arrecifes espectaculares donde la vida se prodiga en todos los colores imaginables. En realidad no se sabe por qué los *longimanus* van a esa zona en esa época; quizá por la temperatura del agua, por hábitos reproductivos, por comida... Pero la mayor parte del año son animales solitarios que vagan por el mar con temperaturas nunca inferiores a 18 ºC. Ocasionalmente se ven en parejas o en pequeños grupos, y pueden llegar a medir tres metros y medio. Son de color ocre y se caracterizan por tener unas aletas pectorales muy largas, redondeadas y con la punta manchada de blanco, igual que la dorsal y la caudal.

Con la investigadora Elke Bojanowski en el Mar Rojo.

Hasta el 2017 nunca había visto un *longimanus*, y lo hice gracias a que me invitaron a un crucero en el mes de noviembre para colaborar en un *Shark Project* dirigido por la doctora Elke Bojanowski. La reconocida bióloga y experta en *longimanus* se proponía fotografiar la mayor cantidad posible de ejemplares para incrementar su archivo, considerando que las manchas y las marcas de las aletas son tan únicas como las huellas dactilares. En realidad me invitaron como organizador de viajes de buceo para enseñarme su infraestructura, pero mi verdadero interés era conocer a Elke y establecer con ella un contacto duradero.

Me cayó bien nada más verla. Es una mujer casi de mi estatura, robusta, con el pelo castaño muy corto, piel curtida por el sol y ojos claros. Tantas horas viviendo en barcos en constante contacto con desconocidos le han hecho un poco huraña para poder salvaguardar un mínimo de intimidad, pero en cuanto daba por finalizada la jornada laboral se volvía locuaz y accesible. Hicimos muchas inmersiones muy tranquilas, era un placer verla moverse bajo el agua. Su equilibrio me recordó mucho a un guía alemán que conocí en Maldivas, un tipo capaz de sostenerse estático en medio de una corriente en contra, como un pez. Se llamaba, o lo llamaban, Pepe. Era muy delgado, alto, rubio con el pelo corto y ojos claros. La base de su filosofía del buceo era tener un equipo cómodo y sencillo: un traje largo muy fino, neopreno entre 1 y 3 mm, chaleco también muy básico —de hecho se lo ajustaba solo con el cinturón de velcro— y aletas calzantes normales, sin escarpines, amarillas. No he olvidado sus aletas amarillas. Para él, todo lo demás que tendemos a llevar colgando el resto de los mortales era superfluo, y lo cierto es que verlo en el agua transmitía paz. Creo que fue la primera vez que presentí a un gurú en el mundo del buceo.

En cada reunión previa a las inmersiones, Elke repetía las normas básicas de seguridad, coincidentes en gran parte con las de Scott Smith y Jim Abernethy para bucear con tiburones tigre: no separarse, que cada uno vigile la espalda del compañero; mantener contacto visual con los tiburones próximos porque son muy curiosos y se acercan mucho a investigar, recordar que todo movimiento genera sonido, y cuanto menos rítmico es más interesa al tiburón; estar especialmente alerta en los tiempos de superficie, bajar y subir rápido porque les atrae el ruido, el chapoteo y la agitación, solo presas o peces enfermos permanecen en esa zona.

Plinio el Viejo ya advertía de la voracidad de los «perros del mar», bestias malvadas, según su criterio, y del momento más delicado de toda inmersión para los pescadores, que era el de subir a la barca, haciéndose eco de lo que Leónidas de Tarento contaba sobre la muerte del joven Tarsis, pescador de esponjas, partido en dos por un gran pez mientras subía al bote.

En la *Sonata de estío* de Valle-Inclán, la caprichosa Niña Chole ofrece a un negro enorme cuatro monedas de oro si caza a un tiburón de los que rondan el barco. El hombre se encarama sobre la borda y cuando se intuyen los tiburones bajo el casco se lanza de cabeza. «Tripulación y pasajeros, cuantos se hallaban sobre cubierta, se agolparon a la borda. Se sumieron los tiburones en busca del negro, y todas las miradas quedaron fijas en un remolino que no tuvo tiempo a borrarse, porque casi incontinenti una mancha de espumas rojas coloreó el mar, y en medio de los hurras de la marinería y el vigoroso aplaudir de las manos coloradotas y plebeyas de los mercaderes, salió a flote la testa chata y lanuda del marinero que nadaba ayudándose de un solo brazo, mientras con el otro sostenía entre aguas un tiburón apresado por la garganta, donde traía hundido el cuchillo... Se trató en tropel de izar al negro, se arrojaron cuerdas, ya para el caso prevenidas, y cuando levantaba medio cuerpo fuera del agua: rasgó el aire un alarido horrible, y le vimos abrir los brazos y desaparecer sorbido por los tiburones».

Ilustración de Víctor López-Rúa para la edición de *Sonatas* de Valle-Inclán, de Reino de Cordelia

En este caso parece que confluyen varios factores para desencadenar la tragedia: un pez agonizante en una mano, sangre en el agua, agitación en superficie... Pero no hicieron falta todos esos detonantes literarios para que en Bahamas viéramos a un tigre acercarse a dos fotógrafos que estaban distraídos charlando en superficie y casi darles un disgusto.

Por lo demás, relajaos, decía siempre Elke al final de su ristra de consejos, los humanos solo despertamos el sentido de presa por tensión o miedo, de modo que tranquilos y disfrutad.

Los tiburones *longimanus* se acercan a veces a cazar a los arrecifes, pero son animales pelágicos, su vida transcurre en mar abierto, de modo que para verlos hay que alejarse de las preciosas paredes de coral y buscar la línea que forman los amarres de los barcos, o incluso un poco más hacia el azul. Había momentos en que llegaba a haber hasta catorce barcos amarrados en línea, todo estaba lleno de cabos por todas partes, una extraña red de maromas que resultaba ser la zona preferida de patrullaje de esos escualos.

Nosotros establecimos nuestro propio recorrido pasando por los cabos de todos los barcos entre los doce y los quince metros de profundidad. Ellos suelen ir y venir siempre sobre la misma línea, tienen un recorrido fijo que repiten sin descanso. El buceo con *longimanus* no es un buceo de arrecife, te mueves en una distancia corta y se va muy despacio, en realidad buscábamos sus pasos y los esperábamos casi estáticos, entre dos aguas, ayudados por una fantástica visibilidad de más de veinte metros. Esa misma visibilidad me permitió ser testigo de su curiosidad. Sucedió una mañana al detenerse una neumática encima de nuestras cabezas. Inmediatamente, un tiburón que pasaba por nuestro lado izquierdo subió vertical atraído por el ruido y se puso a rondar la hélice que se mantenía al ralentí. Allí se quedó, dando vueltas cerca de la superficie, hasta que la barca se fue.

A veces nos poníamos en medio de su línea imaginaria, cosa poco aconsejable porque no les gusta variar su trayec-

Página siguiente, tiburón *longimanus*.

toria, y nos quedábamos inmóviles viéndolo venir. El tiburón nos esquivaba en el último momento, pero se notaba su disgusto porque cuando estaba casi en paralelo hacía una aproximación brusca y acelerada al tiempo que corría por si acaso la membrana nictitante para protegerse el ojo, un amago rápido que lo ponía a dos palmos de distancia y que había que aguantar inmutables. Como veía que no reaccionábamos, recuperaba su camino y continuaba la marcha.

Pero no siempre es fácil permanecer inmutable. En una de las inmersiones estábamos a unos quince metros y apareció un *longimanus* que se quedó curioseando alrededor de nosotros. Tendría unos dos metros, no era de los más grandes, pero constituía un cuadro precioso porque iba acompañado de media docena de peces piloto blancos y negros. Dio un par de vueltas lentas alrededor del grupo, y en la tercera mostró más interés en una chica que llevaba aletas blancas.

De eso habla Gabriel García Márquez en el *Relato de un náufrago*. El protagonista, después de comentar que los tiburones acuden todos los días a las cinco con asombrosa puntualidad para darse un festín en torno a su balsa, dice: «Peces enormes saltaban fuera del agua y pocos momentos después resurgían destrozados. Los tiburones, enloquecidos, se precipitaban sordamente contra la superficie sanguinolenta. Todavía no habían tratado de destruir la balsa, pero se sentían atraídos por ella porque era de color blanco. Todo el mundo sabe que los tiburones atacan de preferencia los objetos blancos. El tiburón es miope, de manera que solo puede ver las cosas blancas o brillantes».

Dicho así, parece otra leyenda recogida en un decálogo de supervivencia para evitar el pánico en caso de naufragio, pero parece que en ello hay más verdad que mito. Casi todos los científicos coinciden en que la mayoría de los tiburones (salvo el gran blanco, que al parecer puede ver en color) ven en blanco y negro porque tienen en sus ojos mayor número de bastones que de conos. En cualquier caso, les llama mucho la atención el contraste entre los claros y los oscuros, y era normal que nuestro *longimanus* se fijara en las aletas blancas.

El caso es que la chica, al ver que el tiburón se fijaba en ella, empezó a ponerse nerviosa, a respirar más deprisa, a nadar más rápido, todo lo que no se debe hacer cuando te ronda un tiburón curioso, y sobre todo un *longimanus*, que tiende a contagiarse de los nervios de los buceadores. Ya he dicho que se me han acercado a un palmo de distancia, que se han quedado casi estáticos a mi lado, observándome, con uno incluso me dio tiempo a pasarme a su costado contrario para que un amigo me hiciera una foto, si estás tranquilo el tiburón ni se inmuta, pero aquella chica no paraba de bracear y de mover las aletas, y el *longimanus* empezó a darle pasadas cada vez más frecuentes, acelerando y frenando de golpe, hostigándola. La chica, lejos de relajarse, se agitó aún más, y el tiburón, claramente excitado, la golpeó con la aleta en una de sus pasadas. La situación se puso realmente peligrosa, el escualo se movía cada vez más deprisa, iba y venía entre el grupo de buceadores, pero las aproximaciones se las reservaba a la buceadora de las aletas blancas. La chica empezó a jadear, la nube de burbujas ascendía sobre su cabeza como un inmenso hongo nuclear, se agitaba en todas direcciones moviendo la cabeza como el ojo de un camaleón esperando ver surgir al tiburón desde cualquier ángulo como una bala de plata. Perdido el equilibrio hidrostático, pataleaba sin parar para mantenerse al nivel del resto del grupo, no había nada más que pudiera hacer para indicarle al tiburón que era una presa perfecta. Por fortuna, Elke se dio cuenta de un cambio radical en la actitud del tiburón, su siguiente aproximación ya no sería de tanteo, había plegado las aletas y arqueado el lomo, lo que los técnicos llaman movimientos agonísticos, se preparaba para un ataque.

Todo lo que he contado sucedió en segundos. Por suerte Elke estaba cerca e intervino, se cruzó por delante de la trayectoria del tiburón, que se vio forzado a girar, agarró a la buceadora de la grifería de la botella y la metió en medio del grupo antes de encararse a ella para tranquilizarla. El tiburón dio una vuelta más al grupo y se alejó.

El caso de Lagertha era diferente.

A finales del 2018 la compañía Aggressor me invitó a dar una charla sobre cómo comportarse y bucear con seguridad con tiburones tigre, a raíz del ataque que un año antes le había costado la vida en la isla del Coco a una buceadora estadounidense y heridas al guía que la acompañaba.

Antes que nada debo decir que los tiburones tigre reaparecieron hace unos doce años en el entorno de la isla, después de una ausencia de más de treinta, pero hasta el 2017 no habían tenido ningún problema con ellos. Su comportamiento con los buzos era el habitual de los otros tiburones, pasaban más o menos cerca, daban a veces una vuelta de reconocimiento y seguían su camino desapareciendo en el azul. De modo que el ataque pilló a todos por sorpresa.

No se sabe con certeza qué ejemplar fue responsable del encuentro fatal, pero según me contaron Carlos Sánchez, capitán del *Okeanos II* y Aníbal Morales, ambos expertos guías de buceo en el Parque Nacional de la Isla del Coco, al mes del incidente una hembra estuvo acosando a un grupo de buceadores desde mitad de la inmersión hasta que consiguieron subir sanos y salvos a la panga. Se trataba de un ejemplar joven, con las rayas claramente marcadas en el lomo y bien identificada por un lunar blanco en el frente de su aleta dorsal. La describían con el cuerpo largo y fino, y pronto fue bautizada entre los buceadores locales como Lagertha, la semilegendaria guerrera vikinga esposa de Ragnar Lodbrok, personaje de una famosa serie de televisión (*Vikings*). Su comportamiento, según los que la han visto, es diferente al resto de los de su especie. Los tiburones tigre, cuando piensan atacar o están a punto de entrar en contacto con algo que pudiera ser potencialmente peligroso para ellos, corren la membrana nictitante para protegerse los ojos, pero Lagertha va abriendo y cerrando la membrana como si fuera un párpado mucho antes de llegar a la distancia de contacto.

Desde entonces parece que la misma hembra ha estado implicada en todos los encuentros difíciles que han tenido lugar, empezando por el ataque a un joven que se defendió quitándose el equipo y usándolo como escudo. Aníbal cuenta que se ha visto acosado en varias ocasiones, y Carlos ha tenido que usar al menos tres veces el pincho de acero que se ven obligados a llevar, porque Lagertha, lejos de asustarse, en cuanto fija su atención en un grupo lo persigue hasta que el último buceador ha salido del agua. El último encuentro de Carlos fue después de una tensa inmersión bajo la permanente vigilancia del escualo, cuando tuvo que emerger en solitario mientras el resto del grupo permanecía acogido a la protección del arrecife. Lagertha se olvidó del grupo y se dirigió directamente hacia él, y solo su decidida forma de encararla con el pincho por delante disuadió al animal de que no era la presa fácil que suponía.

Da la sensación de que es un tiburón extremadamente inteligente que ronda a los buceadores hasta que encuentra al más débil o indefenso para hacer presa. Y lo más llamativo es que, según relata uno de los *rangers* de la isla, después de rondar un rato al grupo de buceadores que acompañaba, Lagertha desapareció para volver al poco con un joven macho que empezó a imitar su comportamiento.

Lagertha en la isla del Coco.

Visto el problema, la cuestión era establecer un protocolo para bucear con seguridad en el caso de que volvieran a encontrarse en una situación similar, y mi propuesta fue la siguiente: en primer lugar, mantenerse pegados al fondo o la pared si el tiburón empieza a rondar durante la inmersión. Evitar todo movimiento brusco, no hacer nada que le llame la atención y esperar que pierda el interés. Si este persiste, y se debe empezar el ascenso en aguas abiertas, es importante tener un buen equilibrio hidrostático, no patalear ni bracear de modo que se incentive su curiosidad y no se le debe perder nunca de vista. Las parejas deben ascender espalda contra espalda, nunca nadar hacia atrás interponiendo las aletas entre nosotros y el tiburón, siempre con la cara por delante y siguiéndolo con la mirada allá donde vaya. Si desaparece en el azul, hay que pensar que regresará, de modo que hay que vigilar constantemente el entorno para localizarlo tan pronto lo haga. El tiburón tigre es un animal que se mueve despacio durante el día, de modo que en caso de que iniciara una aproximación más extrema se le puede alejar con una varilla de acero (con la que bucean los guías y algunos clientes) o con las mismas manos empujándole la cabeza hacia abajo en el momento en que cierra los ojos, aunque reconozco que para eso hace falta mucha sangre fría. Más práctico resulta, en caso de estar ya en superficie, quitarse el chaleco con la botella y colocarlo delante del cuerpo como si fuera la carcasa de una cámara. En ese caso, es conveniente soltar los plomos y mantenerse siempre con el regulador en la boca y la cabeza bajo el agua sin perder de vista al animal. Atacará, si lo hace, cuando crea que su presa está descuidada. Por otra parte, los conductores de las pangas ya saben que si ven a un grupo de buzos en superficie tumbados boca abajo con la cabeza dentro del agua es porque hay un tigre cerca, y en ese caso alteran el orden de recogida: primero sacan a los buzos del agua y luego recuperan los equipos que quedan flotando.

No sé si por suerte o por desgracia, después de veintidós inmersiones no conseguimos encontrarnos con Lagertha para poner a prueba el protocolo, pero ahí queda para los que nos sigan.

Es buen momento para dejar claro que bucear con tiburones sin saber conlleva riesgo de muerte. Yo buceo con ellos, hago lo que puedo por protegerlos, nunca me he sentido en peligro, pero tampoco bajo la guardia. Hay que atender bien a las indicaciones de los expertos y no saltarse las normas de seguridad porque si te descuidas te pueden matar. En el agua ellos siempre son los amos.

Capítulo 10

Plato del día

Tiburones grises en Roatán y los Flinders. Coralinos en Jardines de la Reina. Tiburón toro en Bahamas. Tiburón tigre en Fuvahmulah

Por apasionante que sea contemplar a los tiburones atraídos por el cebo en cajas, es difícil no caer en la tentación de admirarlos de cerca mientras comen, y vivir cómo los atraen con cebo suelto es una buena opción antes de verlos alimentar directamente con la mano.

Ya hemos visto que en cuanto hay comida los tiburones suelen aparecer, a veces tras una larga espera, otras deprisa y por sorpresa, como en el caso del náufrago del relato de García Márquez, al que casi le cuesta un brazo limpiar de sangre su captura. Dice el desafortunado: «Distraídamente, lo agarré por la cola y lo sumergí una vez por fuera de la borda. Pero la sangre estaba coagulada entre las escamas. Había que estregarlo. Ingenuamente volví a sumergirlo. Y entonces fue cuando sentí la embestida y el violento tabletazo de las mandíbulas del tiburón. Apreté la cola del pescado con todas mis fuerzas. El tirón de la fiera me hizo perder el equilibrio. Me di un golpe contra la borda, pero seguí agarrando a mi alimento. Lo defendí como una fiera. No pensé, en esa fracción de segundo, que un nuevo mordisco del tiburón podría arrancarme el brazo desde el hombro. Volví a tirar con todas mis fuerzas, pero ya no había nada en mis manos. El tiburón se había llevado mi presa».

Lento y exhausto, el náufrago no es contrincante para el tiburón, que se queda con todo el botín, aunque ningún tiburón lo tiene tan fácil cuando la competencia son sus propios congéneres. Al menos esa sensación tengo después de las inmersiones que he hecho con cebo suelto y tiburones grises (*Carcharhinus amblyrhynchos*), el tiburón de arrecife más común del Caribe y del Pacífico.

La primera fue en Roatán (Honduras), con un guía llamado Carlo, un italiano de dientes perfectos que saludaba desde lejos levantando la mano como si quisiera que le contaras los dedos. El arrecife era enorme, con una pared muy larga, y la inmersión estrella era bajar con un cubo tapado, de unos treinta centímetros de diámetro, lleno de pescado. Los tiburones grises se mantenían a distancia pero atentos mientras él colocaba a los clientes en semicírculo a unos ocho o diez metros del cubo. Solo verlos rondar era bonito. Los tiburones grises pueden alcanzar dos metros y medio de envergadura, su lomo es de color gris y la tripa blanca, y tiene la aleta caudal ribeteada de negro. Es un animal gregario que llega a formar cardúmenes de hasta un centenar de ejemplares, y está activo tanto de día como de noche en zonas de corrientes. Se

Scuba Zoo de los Flinders, en Australia.

alimenta sobre todo de peces óseos, pulpos y calamares, que es lo que Carlo llevaba en el cubo.

En cuanto todos estuvimos colocados y vio la ocasión, el italiano quitó la tapa del recipiente y se retiró a toda velocidad. Los tiburones, víctimas de un frenesí contagioso, se arrojaron contra el cubo como si los succionara un sifón. En la lucha chocaban unos con otros, el cubo salió volando y se levantó el fondo, de modo que toda la escena quedó sumida en una inmensa nube de arena en suspensión. Luego los animales se quedaron un rato más rebuscando los trozos perdidos en el revuelo y poco a poco se fueron calmando y alejando. El espectáculo completo no duró más de diez minutos, pero debo reconocer que fueron emocionantes.

Algo parecido hacían también en el Scuba Zoo de los Flinders (Australia), donde sacaban partido a un arenal yermo a unos quince metros de la superficie gracias a la enorme cantidad de tiburones grises que lograban atraer.

Para ello habían instalado una serie de cuatro o cinco grandes jaulas rectangulares distribuidas en semicírculo, sobre las que debían situarse los buceadores en cuanto saltaban del barco. Nada más llegar ya había tiburones por las inmediaciones, pero su número crecía a medida que los buceadores se metían en las jaulas asignadas. Cuando todos estaban colocados, los *divemaster* descolgaban del barco un barril de carnaza mediante un sistema de poleas. En cosa de dos o tres minutos el barril se veía rodeado por una nube de más de cuarenta inquietos tiburones de dos especies distintas —puntas negras y tiburón gris—, que lo mordían nerviosos porque intuían lo que iba a pasar. El momento álgido era cuando se abría el barril y el cebo caía como una lluvia de oro, la versión australiana de una piñata submarina. Todos los tiburones se lanzaban a comer con desesperación, el instante era eléctrico, se sentía su fuerza en el agua, hasta se oían los chasquidos de las mandíbulas y el desgarro de las piezas grandes cuando dos o más escualos peleaban por ellas, y se veía cómo se robaban los trozos de la misma boca si no se daban prisa en ingerirlo. Igual que en Roatán, en cuestión de minutos los tiburones se dispersaban poco a poco y todo volvía a la calma.

Poca diferencia había con lo que hacían en Jardines de la Reina (Cuba), aunque en ese caso los tiburones no eran grises sino coralinos, que en definitiva son casi igual que los grises pero de menor envergadura. La operativa era parecida a las anteriores: el guía llevaba una caja y cuando había tiburones rondando abría la caja y se retiraba rápidamente. En este caso debía ser especialmente ágil porque los coralinos eran tan rápidos que apenas le daban tiempo de ponerse a cubierto y más de uno chocaba contra él en su ansia por pillar algún despojo.

Muy distinto es bucear con tiburones toro en un entorno con cebo suelto. El tiburón toro (*Carcharhinus leucas*), también es parecido al gris pero bastante más corpulento, llega a alcanzar los tres metros y además es muy especial porque es el único que se mueve por los estuarios, remonta los ríos y es capaz de vivir semanas en agua dulce. Solo eso ya explica que sea el tiburón con mayor número de incidentes con personas y que esté considerado como uno de los más peligrosos. Se le ha llegado a ver en el Amazonas, en el lago de Cocibolca en Nicaragua, en el Misisipi, y se lo conoce también como tiburón del Zambece y tiburón del Ganges. Come sobre todo peces óseos, crustáceos, pájaros y tortugas, pero es también carroñero y oportunista.

Seguramente sería un tiburón toro el pez que intentó devorar a Tobías en el río Tigris (La Biblia, *Libro de Tobías*, cap. 6),

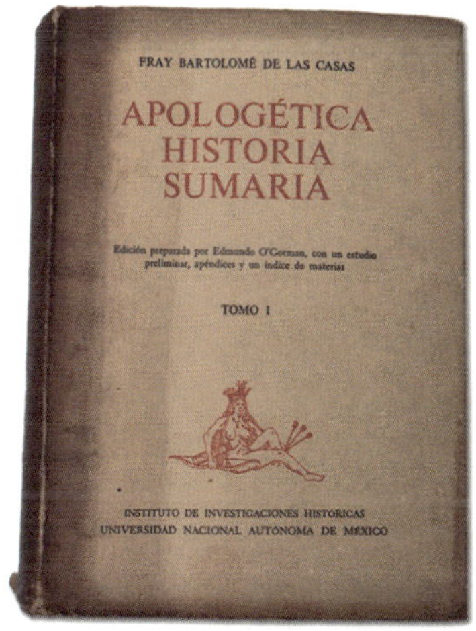

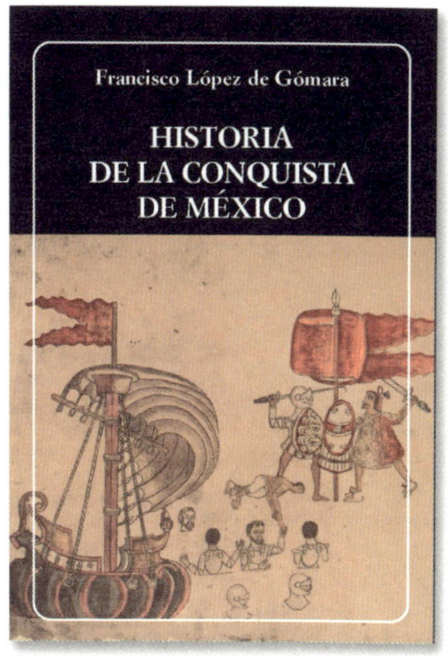

Una edición antigua de *Apologética historia sumaria*, de Fray Bartolomé de las Casas, y otra actual de *Historia de la conquista de México*, de Francisco López de Gómara.

Página siguiente, tiburón toro.

igual al que describió Bartolomé de las Casas en su *Apologética historia sumaria*: «Hay en la mar», dice el dominico, «y entran también en los ríos unos peces de hechura de cazones o al menos todo el cuerpo, la cabeza bota y la boca en el derecho de la barriga, con muchos dientes, que los indios llamaron tiburones…». Francisco López de Gómara, historiador y capellán de Hernán Cortés, se refiere también al toro en su *Historia de la conquista de México* cuando dice que el tiburón es «pescado que acomete a una vaca y a un caballo cuando pace y bebe a orillas de los ríos y se come a un hombre». Pero el más claro es Gonzalo Fernández de Oviedo, cronista y naturalista, que en su *Historia general y natural de las Indias* (1527) nos regaló un retrato de esos tiburones que penetran por los ríos hacia el interior. Dice don Gonzalo: «Son tan grandes que algunos pasan de diez y docc pies, y más, y en la groseza, por lo más ancho tiene cinco, y seis, y siete palmos, y tienen muy gran boca, a proporción del cuerpo, y en ella dos órdenes de dientes en torno, la una distinta de la otra algo, y muy espesos y fieros los dientes».

La primera vez que buceé con tiburones toro y cebo suelto fue con Jim Abernethy en el canal que está entre Florida y Bahamas. Para asegurar la presencia de tiburones, Jim volcó el arcón de cebo desde el barco y dejó que la corriente lo esparciera. Poco después saltamos los buceadores con instrucciones de buscar rápidamente el fondo, que se encontraba a unos treinta metros. Alrededor de nosotros, los tiburones deambulaban muy activos entre tanta comida, y si no se estaba atento podía resultar peligroso, pero para los fotógrafos era maravilloso porque se conseguían fotos increíbles.

Más emocionante aún es ver comer a los tiburones tigre, y para disfrutar de ese espectáculo no hay mejor sitio que Fuvahmulah, el único atolón de una sola isla al sur de las Maldivas con un arrecife fuera de lo común.

La parte superior del arrecife de Fuvahmulah es una plataforma de unos 13 metros de profundidad que desempeña el papel de una gran estación de limpieza donde, en diferentes épocas del año, dependiendo de las corrientes y los monzones, hay posibilidades de ver mantas gigantes, peces luna, peces vela y ballenas piloto. También es frecuente encontrar grandes cardúmenes de barracudas y de atunes de aleta amarilla, bonitos y cientos de tipos diferentes de peces. En cuanto a tiburones, no es difícil ver grises, puntas blancas de arrecife, puntas plateadas, martillos, sedosos, zorro, ballena y por supuesto a los tiburones tigre. Como dato curioso diré que Fuvahmulah es de origen volcánico, lo que la hermana con Bali o Gili en Indonesia, y además es la única isla de Maldivas con lagos de agua dulce en su interior. A su alrededor crece una exuberante vegetación tropical en la que no faltan mangos, cocoteros y papayas, y es natural que con semejantes características haya tenido una continua ocupación humana volcada sobre todo hacia el mar y la pesca, lo que dio origen a la extraña simbiosis de la que voy a hablar.

Había antes en las islas Maldivas quien daba de comer a tiburones grises y quien cebaba con huevos duros a los napo-

Página siguiente, tiburón tigre en Fuvahmulah.

leones para atraerlos hacia los turistas, pero hoy en día está prohibido alimentar a los animales bajo el agua. Lo que sucede en Fuvahmulah no tiene nada que ver con esas viejas prácticas, sino con la costumbre que comentamos antes del tigre de comer casi de todo, incluso comida podrida.

Resulta que desde tiempo inmemorial, los pescadores de la isla limpian el pescado y tiran los restos en las aguas del puerto, alimentando de resultas a muchos peces, y entre otros a los tiburones tigre que merodean por el azul. No hace mucho los buceadores del Centro de Buceo Fuvahmulah observaron esa curiosa relación y decidieron probar a echar los restos de la pesca, en vez de en el mismo puerto, en la bocana donde había más visibilidad y espacio para bucear. El resultado fue increíble.

Los días que fui con ellos, los guías del centro de buceo recolectaban los desechos diarios de pescado del puerto y los vertían en la plataforma de arena y rocas que se extendía delante de la bocana, entre los cuatro y los doce metros de profundidad. Pasados diez minutos veíamos pasar bajo el barco las siluetas de esos maravillosos animales que entraban desde el azul. Entonces saltábamos al agua pegados al arrecife, a unos setenta metros de donde merodeaban los tiburones, y avanzábamos despacio hacia ellos a unos diez metros de profundidad. Cuando llegábamos cerca de los primeros restos de pescado, los guías nos colocaban en línea y uno de ellos se situaba detrás para cubrirnos las espaldas. Para entonces, cinco, seis, incluso siete tiburones tigre de más de tres metros de longitud olisqueaban tranquilos el fondo. Me parecieron extremadamente tímidos y mucho más precavidos que los que había conocido en Bahamas. Al principio los veíamos pasar por encima de raspas y cabezas de atún sin hacerles ni caso, pero poco a poco fueron tomando confianza y empezaron a comer, lejos de los buceadores al principio, al rato a menos de un metro. Aún estando catalogados como los segundos tiburones más peligrosos, en ningún momento sentí sensación de peligro porque los tigre se mueven muy despacio, no se pelean entre ellos ni se tiran como locos a comer, como por ejemplo hacían los grises de Roatán o los Flinders.

En otra ocasión, en vez de soltar el cebo sobre la plataforma de la bocana del puerto, lo dejaron caer en el límite exterior, al borde del cantil submarino, de modo que la corriente lo dispersase y cayera poco a poco por la pendiente. Los buceadores nos tiramos poco después y descendimos rápidamente hasta situarnos pegados a la pared a unos treinta y cinco metros. El ambiente era fantasmagórico. Aunque había buena visibilidad, a esa cota los colores se pierden y todo se vuelve de un monocromo gris azulado. A los pocos minutos empezamos a vislumbrar siluetas de tiburones a unos setenta metros de profundidad, deambulando muy espacio, husmeando, hasta que empezaron a subir muy rápido pegados a la pared, tanto que sentías el efecto de succión de su enorme cuerpo cuando pasaban cerca, y nuestro primer reflejo era agarrarnos al arrecife para no perder el equilibrio. A partir de ese momento no dimos a basto para atender a todo lo que sucedía a nuestro alrededor. Había momentos en que veías ejemplares por el fondo, otros moviéndose deprisa y comiendo por la pared y alguno nadando despacio en el azul a nuestra altura, sin perdernos de vista.

Pero sin lugar a dudas, el rey del buceo con cebo es el gran tiburón blanco, que merece un capítulo aparte.

Capítulo II
El monstruo enjaulado

¿Qué hay en esa jaula? La Providencia. Fuera de la jaula. Buceo en jaulas. Parque de atracciones. Blanco, el color del miedo. Los consejos de André Hartmann. Guadalupe: blancos en el azul

HE EMPEZADO EL RELATO de esta parte de mi vida con el bautismo de buceo en Cuba y el descubrimiento de que los tiburones no parecían ser los monstruos que yo había imaginado, y desde entonces pretendo contar cómo mi interés, primero, luego mi admiración, y por último mi amor por estos animales y el deseo de colaborar en su estudio y conocimiento ha condicionado mi vida. Pero hay un miedo en nuestro subconsciente casi imposible de conjurar porque, como escribe Jean Chevalier en su *Diccionario de los símbolos*, representa las características de lo caótico, lo tenebroso y lo abisal, y ese miedo no ha encontrado mejor imagen que la del gran tiburón blanco. Peter Benchley lo entendió bien y lo plasmó en su libro *Tiburón* (*Jaws*, 1974), que tanto daño ha hecho. Actualmente una nueva generación de naturalistas se enfrenta a la tarea de poner de nuevo las cosas en su sitio. A mí se me ocurre que una de las formas de romper el mito es bucear con el blanco en su

hábitat, sin barrotes de por medio, siempre que él, claro está, no se asuste de ver al verdadero monstruo fuera de la jaula.

La primera vez que intenté ver a un tiburón blanco (*Carcharodon carcharias*) con jaula fue en el año 2000, en Sudáfrica, con mi amiga Olivia, pero la Providencia nos jugó una mala pasada. Llegábamos de bucear en Umkomaas con tiburones *raggie* y puntas negras oceánicos, y nos habíamos reservado las inmersiones con el tiburón blanco para el final, lo que esperábamos que fuera la apoteosis del viaje. De hecho lo vivimos como una experiencia de aventura al límite y, llenos de entusiasmo, anunciamos a los cuatro vientos que ¡íbamos a bucear con tiburones blancos! Craso error. A nuestros padres la mera idea les pareció una locura digna de encabezar la lista de mis disparates, hasta la fecha monopolizada por las aventuras en escalada libre y el esquí extremo, pero lejos de resignarse decidieron presionar un poco en los despachos de la divinidad, poniendo velas a todos los santos que se les ocurrió para que no pasara nada. Embarcamos llenos de ilusión en False Bay, llegamos a la zona por donde suelen patrullar los blancos en busca de leones marinos, fondeamos y empezaron a echar al mar cazos de esa especie de sopa que preparan con sangre, vísceras y restos de pescado macerado. Nos metimos en la jaula, y nada. Los tiburones suelen aparecer, pero allí no se presentó ninguno. Al día siguiente repetimos, y tampoco. Mi primer intento de ver jaquetones fue un fracaso total para mí y un éxito para nuestras madres, que desde entonces tratan de tú al mismísimo arzobispo de Toledo.

Tampoco tuve mucha suerte en la primavera del 2007 cuando un grupo de amigos viajamos a Sudáfrica decididos a cumplir el sueño de bucear con tiburones blancos fuera de la jaula. Lo que no sabíamos era que para hacerlo en su zona de caza, que es la que se suele cebar y donde se les ve habitualmente, es necesario un permiso especial que supone una lenta y pesada tramitación. Como no teníamos tiempo para gestiones administrativas, buscamos una vía indirecta, y vaya si la encontramos. Donde hay un conejo despistado, siempre aparece un zorro, y el nuestro se llamaba JP.

JP era un tipo de aspecto caucásico, alto, grande, de cara redonda y nariz aplastada. No era mucho mayor que yo, pero parecía mi padre, y como cosa curiosa diré que tenía los talones cuarteados como llantas de tractor.

Su plan, al límite de la legalidad, implicaba atraer discretamente con cebo al tiburón fuera de su zona habitual, cosa que estaba prohibida. Mientras hablaba miraba al suelo y cada cuatro palabras bebía un sorbito de una botella de agua. El aspecto del tipo no podía ser menos fiable, pero la idea no nos pareció mala. Al fin y al cabo el mar no tiene puertas, y con un poco de suerte daríamos con algún ejemplar distraído.

En mala hora le hicimos caso. Nos llevó en su neumática cerca de El Cabo, a una zona de False Bay cuyo fondo estaba a unos quince o veinte metros, y echó por la borda un bidón de plástico con agujeros, lleno de trozos de pescado y lastrado con plomo. El cabo, de no más de cinco metros, quedó atado a proa, y nosotros nos sentamos a esperar con los equipos puestos. Esperamos. Esperamos. Esperamos. Aburridos, decidimos bajar a ver si veíamos algo, y ni cortos ni perezosos nos encontramos nadando entre dos aguas en mitad de False Bay, con muy poca visibilidad y buscando sombras al lado del bidón de cebo. Si hubiera llegado a aparecer nos habría dado el susto de nuestra vida, no sé cómo podríamos haberlo hecho peor. O sí.

Al día siguiente cambió el tiempo, pero no nuestro deseo. Hicimos una primera inmersión en una zona en la que tampoco había tiburones blancos, pero al menos vimos tiburones vaca, muy curiosos porque son de los pocos que tienen siete hendiduras branquiales y ojos verdes. Miden unos tres metros y tienen aspecto de torpedo, como una cañabota, es un tiburón feo que come también leones marinos, y se acercan mucho. Parecen tranquilos pero hay que estar vigilantes porque pueden ser agresivos.

Bosque de kelp.

Y por la tarde fue el desastre total, y eso que JP, dando raras muestras de prudencia, nos llevó junto a una islita también en False Bay, alrededor de la cual crecía un bosque de kelp. El kelp son unas algas que se enganchan al fondo marino y que al crecer van echando unas bolas llenas de gas que es lo que hace que floten y se mantengan verticales. JP pensó, con cierta lógica, que allí estaríamos resguardados del mal tiempo, el fondo estaba a unos siete metros de profundidad, y además el kelp nos proporcionaría un refugio extra en caso de necesidad, porque los tiburones blancos no se adentran entre tanta vegetación.

Dicho esto, colocamos el cebo suspendido de la barca como en las inmersiones anteriores, y saltamos al agua. ¡Cómo se nos ocurrió! Según saltamos nos desperdigamos, la visibilidad era de medio metro, el mar de fondo nos movía como trozos de corcho a la deriva, el kelp se desplazaba a una velocidad alucinante, las ramas nos golpeaban como látigos, pasamos media inmersión buscándonos desesperadamente unos a otros, mientras enormes sombras se cernían sobre nuestras cabezas. Por fin una de aquellas sombras se acercó más de lo habitual y vimos que eran leones marinos, pero de inmediato pensamos que si había leones marinos podía haber blancos, y desde luego tiburones vaca, porque a esos no les asusta el kelp. Cuando conseguimos reunirnos todos, decidimos salir. La neumática estaba cerca, a unos veinticinco metros, pero de pronto alguien bromeó con qué pasaría si apareciese entonces el tiburón blanco. Como un muelle, la imagen de la película nos saltó a todos en el cerebro, casi podíamos oír la música mientras nos apresurábamos a salir, creo que corrimos sobre la superficie del agua como basiliscos, hubo alguno que subió hasta con el equipo puesto. Toda una vida luchando contra el tópico y en la primera ocasión lo sentíamos aflorar en nuestro sistema nervioso.

Mi último intento fallido de verlos fuera de la jaula fue unos meses después, cuando me contrataron como compañero de

buceo de Jesús Calleja en el primer programa de *Desafío extremo* que se iba a dedicar a los tiburones blancos. Por desgracia les facilité el contacto de JP para que sacara los permisos oficiales con tiempo suficiente y él lo usó para timarnos a todos. El muy miserable confió en que el temporal que se nos echó encima también en aquellos días hiciera imposible el buceo, y decidió ahorrarse los permisos y embolsarse todo el dinero. Menudo tiburón. Vaya, se me había olvidado incluir a JP en el capítulo de «Mala fama», habría sido un digno miembro de la cervantina cofradía de Monipodio. El tipo tuvo mala suerte porque el temporal remitió y su jugada quedó al descubierto, pero por desgracia los perjudicados fuimos nosotros, que nos quedamos sin la inmersión soñada. Otra vez será.

Pero no todo van a ser desgracias, la paciencia y la perseverancia también tienen premio. La segunda vez que fui a ver tiburones blancos en jaula, años después que la primera, tuvimos una suerte increíble. Salimos de Gansbaai y fuimos a las islas Dyer, donde anualmente crían más de veinte mil leones marinos entre los meses de junio y septiembre. En cuanto fondeamos, empezaron a cebar el mar y colgaron también de una red un buen trozo de aceitoso hígado de tiburón. Luego echaron al agua las jaulas. Algunos barcos las amarran a uno de los costados y otros prefieren separarlas un poco, pero siempre en superficie. El nuestro era de los primeros. Los buceadores podían estar en la jaula con regulador o solo con la máscara y un tubo. En realidad con eso era suficiente, no hacía falta nada más, ninguna preparación especial,

cualquiera podía hacerlo. De hecho, compartimos barco con unos quince colegiales con su profesor de ciencias naturales y todo, y la verdad, le quita mucho mérito a la aventura si una niña de 9 años sin título de buceo se mete contigo en la jaula, pero aún así lo pasamos de maravilla.

Cuando aparecieron los tiburones, los marineros echaron desde cubierta grandes trozos de pescado atados con un cabo para atraerlos a las inmediaciones del barco, y si lograban captar su atención, los llevaban encelados hacia las jaulas para que se chocaran y provocar así el delirio de los buceadores, que aullábamos de entusiasmo. En ese momento se te olvidaba la temperatura heladora del agua y el movimiento del mar.

Cada impacto era un espectáculo, teníamos al tiburón pegado a nosotros, la boca abierta en primer plano, y además tuvimos suerte, había muchos y entraban al cebo desde todas las direcciones, uno tras otro sin parar, enormes, con el lomo gris pizarra y la tripa de un blanco resplandeciente. Era sobrecogedor, de una belleza absoluta. Por eso me sorprende que Melville le haga decir a su personaje: «Por encima de todo, la blancura de la ballena era lo que más me aterraba».

¿La blancura? ¿Eso es lo que le daba miedo?

«Es cosa sabida que la blancura», sigue diciendo, «por su pureza, realza la hermosura de muchas cosas naturales: mármoles, lacas, perlas… Los reyes bárbaros de Pegu se decían "Señores de los Elefantes Blancos", y los modernos reyes de Siam ostentan en su estandarte real el mismo cuadrúpedo de blancura de nieve. La bandera de Hannover lleva la imagen de un caballo blanco como la nieve. Los Austrias llevan ese color como símbolo de su imperio. Representa también cosas nobles y conmovedoras, como la inocencia de una novia, la benevolencia de la ancianidad, el armiño blanco en el traje de los jueces simboliza la justicia, caballos blancos arrastran las carrozas de los reyes. Júpiter se encarna en la forma de un toro blanco, los sacerdotes llevan el alba blanca, y en los ritos católicos el blanco sirve especialmente para el oficio de la Pasión de Nuestro Señor. En la visión de San Juan, los que se salvan llevan vestidos blancos». Y sin embargo, a él le daba miedo porque «el blanco tiene un algo ilusorio que agrava este terror y lo empuja hacia sus límites extremos. Tal por ejemplo, el oso blanco del polo y el tiburón blanco de los trópicos. ¿Qué otra cosa que su blancura lisa y abullonada les hace más temibles a la vista? Esta blancura abominable hace más repugnante que terrorífico su aspecto mudo y devorador».

En fin, mi perspectiva de la belleza difiere mucho de la de Melville. Yo nunca diría que la blancura lisa y abullonada hace temible al oso blanco, ni que la blancura del tiburón lo haga repugnante. Le doy la razón, sin embargo, en que no abundan los horrores blancos. Él cita la repugnancia que sienten por los albinos en algunos lugares de África, la tristeza que acompañan a las blancas mortajas de los muertos y su palidez de mármol, pero poco más. Como dato relevante recuerda que blanco es el caballo sobre el que cabalga el rey del fin del mundo, pero ni eso parece especialmente aterrador. En cualquier caso, lo que más le aterraba era la blancura de la ballena, la gran Moby Dick, el leviatán antagonista del capitán Ahab, aunque queda por dilucidar cuál de los dos era el verdadero monstruo. Cuando Peter Benchley escribió su famosa novela (*Jaws*) utilizó la de Melville como fuente de inspiración, estableciendo una equivalencia entre el viejo y amargado capitán Ahab y el también viejo e igualmente amargado capitán Quint, y sus antagonistas, la ballena y el tiburón, ambos blancos y maléficos. Tiene gracia que Benchley convirtiera la ballena en tiburón siguiendo el camino inverso al tiburón de Pinocho.

Detalle del cuadro *El rapto de Europa*, de Rembrandt.

Aquel viaje para ver tiburones blancos forma parte de los grandes recuerdos de mi vida, con el aliciente además de haber coincidido en el barco con André Hartmann, uno de los mayores etólogos del mundo especializado en tiburón blanco y el primero en bucear con ellos sin jaula. Por aquel entonces apenas buceaba ya, estaba enfermo y se limitaba a acompañar a las expediciones, pero su conversación no tenía precio.

«Lo difícil es esperarlo en superficie», murmuraba pasándose la mano por el pelo antes de rascarse con fuerza la enmarañada barba. «Yo lo he hecho muchas veces desde que me topé con el primero en Gansbaai mientras hacía pesca submarina. En poca profundidad el blanco no te confunde con una de sus presas», decía levantando una de sus cejas y arrastrando la lengua con su fuerte acento sudafricano. «Puede que se acerque porque es un animal muy curioso, pero es más difícil que te ataque, no es lo mismo que en Simon's Town, allí los tiburones se mueven a setenta u ochenta metros de profundidad, atacan desde abajo a toda velocidad y se llevan por delante lo que encuentran».

Yo lo miraba y procuraba imaginar su enorme silueta recortada contra la superficie del agua, casi dos metros de envergadura, buen tamaño para que un blanco lo confundiera con un enorme león marino. «Pero en Gansbaai no», insistió él, «en Gansbaai no hay casi fondo, ese es un buen sitio para nadar con el tiburón mano a mano, y si tienes sangre fría y estás relajado, el tiburón se acerca despacio para echarte un vistazo. Una vez apareció uno grande, y yo me quedé quieto, encogido, viéndole venir, y cuando estuvo como a dos metros me estiré de golpe y le di un susto de muerte, el animal giró y se alejó rápidamente». Hartmann estiró los brazos como un papá Noel feliz y dejó brotar una carcajada desde el fondo de sus bronquios. Yo lo imité incrédulo. ¿Qué hizo luego?, pregunté con gran curiosidad. «¿Luego? Luego se quedó por allí dando vueltas, pero no se acercó nunca más».

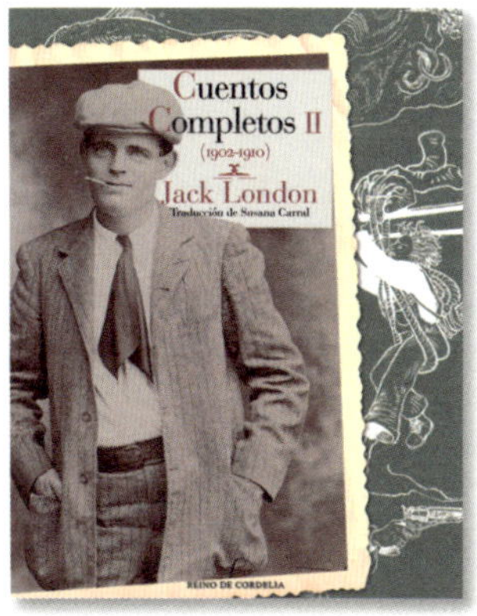

Tomo segundo de los *Cuentos completos* de Jack London, en el que se incluye «La casa de Mapuhi». Reino de Cordelia, Madrid, 2018.

Me hizo gracia la anécdota porque me récordó el cuento de Jack London *La casa de Mapuhi*. En el relato, la anciana Nauri intentaba llegar nadando a su isla después de un ciclón, cuando empezó a rondarla un escualo de casi cinco metros. Cuando veía la aleta en superficie, ella nadaba, y cuando desaparecía se quedaba quieta, esperando. «Transcurrió media hora y el tiburón empezó a mostrarse más atrevido. Al ver que la anciana no representaba un peligro para él, se acercó más, en círculos más reducidos, mirándola con descaro al pasar. Ella sabía muy bien que llegaría el momento en que reuniría el coraje suficiente para atacarla. Decidió golpear primero. Fue un acto desesperado. Era una anciana sola en el mar, debilitada por el hambre y las privaciones; sin embargo, ante aquel tigre marino, debía anticiparse a su embestida atacando ella antes. Continuó nadando a la espera de una oportunidad. Por fin, el bicho pasó lánguidamente junto a ella, a poco más de dos metros. La mujer se lanzó hacia él de repente, fingiendo que lo atacaba. El tiburón dio un violento coletazo al huir y su piel de lija la desolló desde el hombro hasta el codo. Describió un rápido círculo y luego desapareció». A veces la reali-

dad y la literatura se dan la mano, y el mismo Hartmann parece sacado de un cuento de Jack London.

Remató aquella conversación con un consejo que ya he comentado en otros apartados de este libro referido a otras especies, lo mismo que me dijo Cristina Zenato. «Antes de salir de la jaula», decía muy serio, «estudia a los tiburones que estén fuera, porque cada uno tiene su carácter. Se nota en el modo en que nadan, en cómo se comportan unos con otros, en cómo se miden, la forma en que se acercan al barco y a la jaula, si lo hacen con curiosidad, si están nerviosos. Y en función de eso, decide: a veces puedes salir y a veces es mejor no hacerlo. Siempre hay un riesgo, eso es obvio, pero ten en cuenta que no solo cada especie de tiburón es diferente, sino que cada animal tiene su propia personalidad».

En el caso de los grandes blancos he podido observar esos rasgos de personalidad en las inmersiones que he hecho con jaula en la isla Guadalupe (México), a unas veinte horas de travesía por el Pacífico desde Ensenada.

La mejor época para ver tiburones blancos en la isla Guadalupe es entre los meses de agosto y noviembre, coincidiendo con la cría de lobos y elefantes marinos. En la zona hay censados unos doscientos cincuenta ejemplares, y es fácil verlos porque la visibilidad es increíble, de más de treinta metros.

La mecánica de las inmersiones es parecida a la de Sudáfrica: se ceba el mar con una sopa de restos de pescado, se echan al agua las jaulas en superficie y luego los marineros enganchan cabezas de pescado y acercan a los grandes escualos, aunque en Guadalupe son más cuidadosos y procuran que el animal no impacte contra los barrotes. Se pasan cuatro días maravillosos entrando en la jaula sin límite de tiempo porque el agua suele estar entre 21 y 23 grados, no a los 9 o 12 grados de las islas Dyer.

Y si el mar está tranquilo, Guadalupe tiene otro atractivo. Como el fondo está a ochenta metros, bajan la jaula a trece para que se pueda ver a los blancos en el azul. En este tipo de inmersiones no se arroja cebo ni se los atrae artificialmente, se ve a los animales en su medio y se puede observar su comportamiento en estado casi natural.

Cubierta del libro de Mauricio Hoyos, *El gran tiburón blanco*.

Merece la pena leer el libro de Mauricio Hoyos titulado *El gran tiburón blanco, protector de los océanos*, en el que desgrana los seis sentidos de este magnífico depredador bajo la máxima de: «Dejamos de temer aquello que se ha aprendido a entender», acuñada por Marie Curie. Lo recomiendo porque en Guadalupe se puede ser testigo directo de muchos de los comportamientos sociales que describe: se ve cómo nadan en paralelo para medirse mutuamente, cómo se embisten para probar sus fuerzas, cómo se cruzan para reconocerse. El espectáculo es majestuoso, los buceadores observamos a los tiburones pero a veces tenemos la sensación de que son ellos quienes nos observan a nosotros con miedo, evitando acercarse demasiado porque como Sófocles pone en boca de Antígona: «Mucho es lo monstruoso, pero no hay nada que sea más monstruoso que el hombre».

Dejando a un lado el blanco, bucear con tiburones entre cebo suelto a veces supone un riesgo y puede generar situaciones bastante comprometidas, que les voy a contar como aviso a paseantes.

Capítulo 12

Cada paso que da el zorro se acerca más a la peletería

¿Dónde está la gracia? Puntas negras oceánicos. Erich Ritter y su tiburón toro. Una clase de «máster caos». Accidentes de descompresión. Terapia contra las fobias

ANTES HE DESCRITO lo emocionantes y tranquilas que suelen ser las inmersiones en Sudáfrica con tiburones de puntas negras oceánicos, siempre y cuando, claro está, no tengas la mala suerte de que el encargado del cebo sea un simpático bromista. Y como para toda desgracia hay asiento, coincidió el gracioso con la vez en que me acompañaba una amiga a la que le había prometido una de las mejores experiencias de su vida. No lo fue, tuvimos mala suerte, esas cosas pasan, en toda la hora de inmersión apenas vinos cinco tiburones y ni siquiera juntos, y cuando salimos a ella le faltó tiempo para tomarme el pelo. Yo, amoscado y un poco triste dejé ver mi decepción al patrón, y el guía, que acababa de retirar la bola de cebo, nos preguntó entonces con desparpajo si queríamos ver más. Respondimos que sí, claro, y nos dijo que volviéramos al agua y bajáramos a

Puntas negras oceánicos en torno a una bola de cebo.

quince metros. Obedecimos sin mucha fe, todo hay que decirlo, nos quedamos esperando a la profundidad fijada y de repente vimos caer sobre nosotros una nube de cebo como cuando abrieron la caja en el Scuba Zoo de los Flinders. Los tiburones llegaron al instante de todas partes. Todo el cebo

que había estado en la bola de plástico flotaba más que caía a nuestro alrededor y los animales estaban tan excitados que entraban, mordían y se retiraban como si fueran la punta de un látigo. Se suponía que los puntas negras oceánicos preferían mantenerse a una distancia segura de los buceadores, salvo, y eso lo aprendí en el acto, que haya alimento cerca.

Reconozco que me puse muy nervioso. Los tiburones estaban comiendo y nosotros en medio. Aquella fue la primera vez que vi el famoso movimiento agonístico que luego observé en el *longimanus* del Mar Rojo, el lomo curvado, las aletas pectorales recogidas como si abrazaran un tonel y las pequeñas convulsiones como descargas eléctricas. Puede que no nos vieran como comida, pero su actitud era un claro aviso de que molestábamos, que nos veían quizá como una competencia que no estaban dispuestos a tolerar. Hice claras señas a mi compañera de que teníamos que irnos de allí cuanto antes, pero tampoco veía cómo o por dónde. El cebo estaba por todas partes, incluida la escalera de subida al barco, y los tiburones nos rodeaban comiendo y haciendo aproximaciones amenazadoras. De ese modo llegamos a superficie con idea de salir rápidamente, pero lejos de echarnos una mano, el guía nos miraba desde cubierta muerto de risa porque aún había restos de comida en superficie y los tiburones se movían a nuestro alrededor enseñando el lomo ocre como si fuera un banco de delfines. Guardo imágenes impresionantes de aquella inmersión, se pueden imaginar, pero reconozco que nunca he tenido una sensación tan clara de peligro, sobre todo porque es imposible liberarse del temor irracional que despierta un grupo de tiburones alimentándose.

Ilustración de Mead Schaeffer para una edición norteamericana de *Moby Dick* de 1923.

Antes he citado el comentario de Melville sobre los enjambres de tiburones cebándose en el cadáver de una ballena, pero no la reacción de los tripulantes del *Pequod* y sus consecuencias. Al ver cómo atacaban a su presa, los marineros golpeaban a su vez a los tiburones con sus «azadones balleneros», es decir, con las enormes cuchillas que utilizaban para trocear la grasa de las ballenas. De resultas, herían a muchos de ellos, y eso «producía nuevas muestras de la increíble ferocidad de aquellos seres. Mordían traidoramente no solo las entrañas de sus semejantes despanzurrados sino que, doblándose como arcos flexibles, se mordían las propias, y así, parecía que se las tragaba indefinidamente, cada vez que les salían por la herida del vientre…».

Leyendo esto se diría que no hay sitio seguro cuando un tiburón tiene hambre o está comiendo y que morderá todo lo que se ponga a su alcance, pero ya digo que a nosotros no nos

Página siguiente, tiburón puntas negras oceánico.

tocaron, aunque estábamos claramente de más. De lo que nadie está a salvo es de un error, porque un tiburón puede equivocarse, como ya hemos comentado en alguna ocasión, y causar de paso un daño irreparable. Eso es lo que en definitiva nos vino a contar Erich Ritter en el curso de las Azores.

Con el doctor Erich Ritter en Azores.

Cuenta Ritter que estaban filmando tiburones toro (*Carcharhinus leucas*) en una zona de la costa que apenas cubría un metro y medio, y para mantener a los escualos en las inmediaciones, el cámara iba echando pequeños trozos de pescado. El problema fue que una ligera corriente empujó uno de aquellos trozos a la deriva contra su pierna sin que él ni nadie se diera cuenta, y un tiburón toro que pasaba a su lado en aquel momento intentó morderlo y del mismo envite se llevó el gemelo de su pierna izquierda. Mala suerte, decía él, un error desafortunado.

Yo creo que en efecto eso fue lo que ocurrió porque está grabada toda la secuencia, en las tomas previas se puede ver cómo le están haciendo la entrevista con el agua hasta la cintura mientras las sombras de los tiburones toro se mueven entre ellos, hasta que de repente uno le engancha la pierna. Y no es el único caso en que un toro muerde a un buceador por encontrarse cerca del cebo, lo mismo le ocurrió a un austríaco en Bahamas, que sin darse cuenta colocó una pierna al lado de un gran trozo de atún y el descuido le costó la vida.

Otra situación bastante incómoda la viví también con Jim Abernethy en Tiger Beach. Jim es un buceador excepcional acostumbrado a estar con muchos y grandes tiburones, de modo que si le parece que no hay suficientes escualos en su entorno se dispara en él la urgente necesidad de poner en marcha un remedio infalible al que ha bautizado como «máster caos». Suena a lenguaje técnico, algo así como *blockchain*, *gig*, *tokens*, *crowdsale* o *brain storming*, pero la traducción exacta es volcar el arcón del cebo por la borda del barco sobre los buceadores, como el gracioso de Sudáfrica.

Mi primer «máster caos» lo viví durante una inmersión nocturna en Tiger Beach, estando a unos cinco metros de profundidad. Habían dispuesto una caja con cebo en el fondo y otra colgando a un par de metros por debajo del barco, y a su alrededor se movían muy activos media docena de tiburones limón entrando y saliendo con rapidez de los haces de luz de nuestros focos. Sin embargo, no aparecía ningún tiburón tigre, y eso molestó a Jim, que volcó el cajón del cebo para animar el ambiente. Y ya lo creo que lo animó. Habría sido el momento de recordar las palabras de Zane Grey sobre tiburones limón: «Nos resultó difícil creer las historias de tiburones que contaban los chicos, hasta más tarde, cuando alguien tiró pescado por la borda y atrajo a unos enormes monstruos amarillos con aletas bordeadas en plata, hermosas y extrañas criaturas de las profundidades que luchaban entre sí ante nuestros ojos». Como en el relato de Grey, los limón entraron en un frenesí alimenticio, y su actividad atrajo a los otros escualos. Yo me mantuve tranquilo hasta que sentí algo sobre mi cabeza y de reojo vi la tripa de un tigre enorme que pasaba justo por encima surgiendo del azul más oscuro. Un estremecimiento me recorrió la espina dorsal.

El segundo pudo acabar en desgracia.

Ya he contado cómo transcurren las inmersiones normales con cebo en caja en Tiger Beach que, como es natural, nunca son iguales. Aunque siempre hay tiburones, depende de la época, del día y de la hora que haya más o menos ejemplares rondando, y aquella tarde era de las flojas. Los tigre no se decidían a entrar en el embudo que formábamos los buceadores, se limitaban a rondarnos desde lejos, y era una lástima porque la siguiente sería nuestra última inmersión. Jim decidió entonces aprovechar todo el cebo que le quedaba para montar una despedida de traca que supusiera una experiencia inolvidable. En principio las instrucciones fueron sencillas: bajar al fondo y colocarnos en línea alejados quince o veinte metros de la vertical del barco para mantener una distancia de seguridad. Todo fácil y seguro, de haber tenido en cuenta la corriente.

A los pocos minutos de situarnos vimos teñirse el agua desde la superficie con una nube de cebo que empezó a descender y a extenderse en nuestra dirección. De pronto se juntaron ante nosotros unos cuarenta tiburones limón y ocho o diez tigre que comían desaforadamente surcando la nube de vísceras, sangre y trozos de pescado que se movía hacia nosotros. Todos nos dimos cuenta del problema y empezamos a recular para rodear la nube, y en medio del caos surgió otro imprevisto más grave. No sé cuál fue la causa. Supongo que las inmersiones en Tiger Beach son tan someras que apenas gastamos aire, y seguramente hicimos esa última sin cambiar siquiera las botellas, con lo cual estarían terciadas antes de empezar, y además probablemente los nervios hicieron que respiráramos con mayor intensidad. El hecho es que José Luis, mi compañero, se quedó sin aire. Me hizo seña de que me quedara con los demás mientras él se enganchaba a la botella de Jim, que seguro que estaba llena porque era la primera vez que se metía esa tarde, pero Jim no se dio cuenta de la situación, y antes de que José Luis lo alcanzara, se alejó embebido en su cámara de fotos. Mi compañero se quedó en tierra de nadie, sin aire y con la masa de cebo envolviéndolo como un velo de novia.

Por suerte yo seguía su marcha y corrí hacia él antes de que saliera escapado a superficie solo, rodeado de tiburones tigre y sin poder vigilarlos. Una vez enganchado a mi regulador de emergencia, empezamos a subir empujando a los tiburones entre la nube de cebo. Fue una situación increíble, porque ellos parecían ignorarnos y nos empujaban a su vez para hacerse con los mejores trozos de pescado que flotaban a nuestro alrededor. A pesar de los nervios, no nos sentimos amenazados en ningún momento por ningún tiburón en especial, aunque su mero número y tamaño ya era suficientemente intimidatorio. Una vez en superficie subimos a la plataforma del barco como si lleváramos cohetes en las aletas, pero confieso que no pude reprimirme y al poco volví a saltar en aguas limpias y a favor de corriente para seguir haciendo fotos.

Pero a pesar de los momentos de tensión e incertidumbre que he vivido a lo largo de estos años buceando, lo cierto es que he visto más accidentes de descompresión que ataques de tiburones, aunque en todos los casos los tiburones estuvieron relacionados de forma indirecta.

El más grave sucedió después de cuatro inmersiones seguidas en el Arco de Darwin (Galápagos), rodeados de tiburones martillo y ballena. Una pareja declaró tener dolores musculares y ronchas en la piel, y resultó que no habían hecho caso de las indicaciones de su computadora de buceo porque no se habían leído las instrucciones y no entendían los mensajes. La otra fue en el Mar Rojo, cuando nos preparábamos para ir a Daedalus a ver tiburones *longimanus*. En este caso una mujer que había cumplido escrupulosamente con los protocolos establecidos de seguridad empezó también con dolores y ronchas rojas en la piel. Hablaba como si masticara un racimo de uvas, parecía reventar las palabras contra el paladar y cada poco dejaba entrever la punta de la lengua, de modo que su marido fue el que nos explicó que hacía un año tuvo un problema de descompresión y pasó un tiempo en la cámara hiperbárica, pero fue muy raro porque no había hecho nada extraño para tener un accidente. Los de la cámara le dijeron que se hiciera una revisión médica completa para investigar el origen del síndrome, ellos no le dieron importancia, lo dejaron pasar, se olvidaron del tema y ahora habían decidido ir a probar de nuevo. Ambos casos acabaron con la interrupción de los cruceros, la evacuación de los afectados a una cámara hiperbárica y el llanto sordo del resto de los buceadores por un sueño interrumpido.

Arco de Darwin, en Galápagos.

De esas experiencias se podría sacar la enseñanza de que el mar es un lugar hostil donde, haya o no tiburones, siempre hay que ser consciente de que te juegas la vida. El buceo no es una actividad en la que se pueda improvisar o andarse con pruebas, aunque no siempre salgan mal. De hecho a veces salen bien, como le ocurrió a Jessica Déniz.

A Jessica la conocí en el 2013 cuando me contrató TVE para una sección del programa *España Directo* que se llamaba *España bajo el agua*. Se trataba de instruir, acompañar y filmar bajo el agua a una redactora que mostraba los fondos submarinos del litoral peninsular, una pequeña y refrescante píldora para el verano, y mi papel era el de instructor, asesor, organizador, cámara y en fin, de todo menos chófer. La presentadora elegida era Jessica Déniz, una joven encantadora que no había buceado nunca. De hecho, el primer programa debía tratar de su formación y su primera prueba de mar. Para cubrirse las espaldas, los encargados de TVE me dijeron que no me preocupase si, por cualquier motivo, Jessica no podía bajar, que rodara los fondos de todos modos y que si fuera necesario luego se montaría alguna escena de ella en superficie con el equipo puesto, o entre dos aguas.

En el primer capítulo Jessica aprendió a bucear y salió del agua llorando de la emoción. Una chica emotiva, me alegré por ella y por el programa, que ganaba mucho con su protagonismo. A partir de ahí empezamos a viajar por Murcia, Almería, la Costa Brava, Galicia, Canarias… Buceábamos de lunes a viernes y luego yo montaba los capítulos el fin de semana, un ritmo intenso que hizo que a los pocos días tuviéramos mucha confianza. Tanta que un día de la segunda semana Jessica me confesó que ella pensaba que nunca saldría adelante el proyecto porque tenía claustrofobia y además fobia a las rayas. Se disculpó por no habérmelo contado desde el principio, pero lo hacía entonces porque gracias al buceo había logrado por primera vez en su vida entrar en un ascensor.

Entendí entonces aquellas lágrimas después de la primera inmersión en la piscina, y también el comentario de los productores de TVE, que algo debían de saber. Pensé reprobarle aquella inconsciencia, pero estaba tan contenta con que el buceo le había cambiado la vida que lo dejé estar.

Aquellos días bajábamos entre quince y veinte metros, y poco a poco íbamos complicando las inmersiones, de modo que al final casi de nuestra aventura submarina le propuse ponerse a prueba y entrar en un pecio. Lo hizo en el *Don Pedro*, a cuarenta metros, hasta la hélice. Penetramos en cuevas en las Medas, y después de sesenta inmersiones me dijo que era otra, se había superado a sí misma, y que se sentía con energía para hacer cualquier cosa. Aproveché ese entusiasmo para que, superada la claustrofobia, se enfrentara a las rayas, a las que tenía pánico desde que de niña las veía con frecuencia en la playa de su pueblo natal en Canarias. Tan animada estaba que aceptó. La llevé a bucear con los «chuchos», rayas de casi dos metros de diámetro que se reúnen en Las Galletas, al sur de Tenerife. De aquella inmersión conservo una imagen maravillosa donde se ve que una raya enorme se le acerca, Jessica se pone vertical, la detiene con una mano y el animal la abraza con sus alas como si fuera su pareja de baile.

A Jessica el mar le curó todas sus fobias, pero ustedes, por favor, no intenten hacer nada de esto en casa.

Mapa del Caribe con las islas Bahamas.

Capítulo 13
¡Tierra! ¡Tierra!

Coralinos en Bahamas. Las «gordas» de Playa del Carmen. *Malagueña salerosa*. Inmovilidad tónica

LAS BAHAMAS, antiguamente conocidas como el archipiélago de las Lucayas, y más concretamente la isla llamada Guanahaní, fue donde Rodrigo de Triana avistó lo que para los europeos era un nuevo mundo, y fue precisamente en las Bahamas, en Nasáu, donde yo avisté el mundo nuevo sobre el que deseé que a partir de entonces orbitara mi vida. Allí fue donde entré en contacto por primera vez con la alimentación directa de tiburones, en ese caso con coralinos, vi cómo los atraían y luego les daban la comida en la boca, nada de caos.

Las salidas que organizaban en aquella época los guías de Stuart Cove's se componían de dos inmersiones: en la primera se bajaba para ver a los tiburones en su estado natural, y en la segunda era cuando los alimentaban.

Como siempre iban al mismo sitio, en la primera inmersión había tiburones porque los animales identificaban el ruido de los motores con comida. Eso me récordó a lo que cuen-

Cubierta de una edición en inglés de *Papillón*, la novela biográfica de Henri Charrière.

ta Henri Charrière en su novela autobiogáfica *Papillon*, respecto a que los presidiarios de las islas de la Salvación eran carne de tiburón, porque en cuanto fallecían los arrojaban al mar en bolsas de harina. «Nunca un muerto tuvo tiempo de hundirse mucho», comenta el penado. «Ver a un hombre ser comido es muy impresionante porque, cuando los tiburones son muchos, llegan a levantar fuera del agua la mortaja con su contenido y, arrancando la bolsa de harina, se llevan grandes pedazos de cadáver». Pero lo más curioso de la historia es la observación que añade después: «Lo que atrae a los tiburones a ese lugar es el sonido de la campana que repica en la capilla cuando muere alguien. Parece que, si uno está en la punta de la Real a las seis de la tarde, hay días en que no se ve ningún tiburón. Cuando suena la campana en la iglesita, en menos de lo que canta un gallo el sitio se llena de tiburones que esperan al muerto, porque no hay nada que justifique que concurran a ese lugar justo a esa hora».

Siempre nos quedará la duda de si los tiburones que habitaban entre las islas San José y la Real oían y reaccionaban a la campana, pero lo que sí parecía cierto es que los de Nasáu acudían al sonido de los motores.

Lo mejor sucedió durante la segunda inmersión. Saltó primero un guía con los clientes para colocarnos en torno a un perímetro marcado con piedras. En aquel momento ya había más de treinta coralinos deambulando por todas partes, desde casi la superficie hasta el fondo, que se encontraba a unos veinte metros de profundidad. No habíamos llegado aún al sitio asignado cuando saltó el segundo instructor con una caja de aluminio agujereada llena de cebo. Al instante los tiburones acudieron a su lado pasando como exhalaciones junto a los que estábamos llegando al fondo. Seguí la trayectoria de uno con la mirada y al girarme vi a contraluz a aquel buceador que se movía como una abeja reina rodeada de su enjambre, y sentí una profunda pero sana envidia. En aquel momento decidí que yo quería ser el tipo de la caja. Luego el envidiado guía se colocó en el centro del círculo marcado, y durante los siguientes quince o veinte minutos fue sacando de la caja trozos de cebo con un gancho para dárselo a los escualos que lo rodeaban y que acudían a comer desde todas las direcciones. Se hizo evidente entonces por qué este segundo guía llevaba chaleco, capucha y guantes de malla, de otro modo serían frecuentes los accidentes. Había tantos tiburones que cuando entraban y salían de nuestro perímetro pasaban tan cerca que se les podía tocar.

Algo parecido viví en Playa del Carmen con tiburones toro, aunque años después de una curiosa inmersión de prueba, que debería haber incluido al hablar de las inmersiones con cebo en caja, pero que me he guardado para ahora.

Creo que fue a principios del 2008 cuando Teresa Migoya, mi pareja, en todos los sentidos de la palabra, y yo fuimos a Playa del Carmen a bucear con el gran Pepe Esteban. Además de buen amigo, Pepe es una referencia en buceo técnico y profundo, un especialista en buceo en cenotes y un encantador maestro de la ironía con un envidiable sentido del humor. Y lo mejor: en las fechas adecuadas, le gusta ir a ver a los tiburones toro. No le falta detalle.

En aquella época era una atracción nueva ver a los tiburones toro, «las gordas», como los llamaban, porque todos los ejemplares que recalaban en Playa del Carmen eran hembras y parecía que iban preñadas. La inmersión era fácil. Las toro se movían a doscientos metros de la costa y a unos veinte metros de profundidad, pero verlas dependía de la suerte. En un mal día podía no aparecer ninguna, o con suerte vislumbrar un par alejándose en la penumbra. Después de llevar casi diez años buceando con cebo, aquello resultaba frustrante, de modo que le propuse a Pepe bajar con algo que atrajera su atención y asegurara el encuentro. De primeras a Pepe le dio un poco de reparo, pero al final lo convencí y formamos grupo Teresa, Pepe, su hija y yo. Conseguir cebo no fue difícil, pero no hubo manera de improvisar un recipiente adecuado, así que nos resignamos a llevarlo en una bolsa de plástico agujereada. Nos apresuramos a llegar al fondo, colocamos la bolsa y nos alejamos unos cuantos metros. Aparecieron tiburones y se acercaron mucho al cebo ignorando nuestra presencia. Al final rasgamos la bolsa rápidamente, dejamos los trozos de pescado en el fondo y nos alejamos despacio para no llamar su atención. Creo que aquella fue la primera inmersión con cebo que se hizo en Playa del Carmen, una inmersión bastante tímida, no como las que hace Pepe hoy en día.

Con Pepe Esteban.

Desde entonces han cambiado mucho las cosas. Para empezar hubo varias reuniones de centros de buceo donde se acordó regular las inmersiones con alimentación de tiburones toro, se estableció un código de buenas prácticas y se delimitó el área donde se podía alimentar a los animales. Se decidió, además, que el guía que entrara en esa zona de alimentación debía vestir una cota de malla completa, con capucha y guantes.

En las inmersiones actuales, los toro se comportan de forma diferente a los coralinos. Para empezar son mucho más grandes y no forman un enjambre, entran a buscar la comida de uno en uno, lo que debería facilitar el trabajo del guía, pero no siempre es así porque una nube de peces pequeños lo rodean permanentemente y le impide ver. Cuando por fin el guía ve al tiburón, ya lo tiene encima. No sé cómo será la tensión del portero en el lanzamiento de una falta directa al borde del área, pero algo parecido. El buceador debe tener muy claro cuándo suelta el trozo de pescado, porque si lo hace pronto los pececillos se los comen, y si espera demasiado se arriesga a que el tiburón le arranque la mano.

Creo que fue en el 2011 cuando vi por primera vez el vídeo de Cristina Zenato en el que la buceadora italiana alimenta y acaricia a un grupo de tiburones coralinos en Bahamas al ritmo del son huasteco *Malagueña salerosa*. No estoy seguro porque se me mezclan las fechas, pero lo que me resulta imborrable es la impresión que me causaron aquellas imágenes más próximas a un ballet pacífico y estimulante que a un encuentro con una jauría de alimañas.

Cristina es una submarinista que lleva más de veinte años buceando con coralinos, y en aquel vídeo había un momento en que ella empezaba a acariciar el morro de uno de los ejemplares y el animal se quedaba quieto en su regazo, boqueando como un perrito. Luego, muy despacio, lo sujetaba de la aleta dorsal, se incorporaba y poco a poco lo ponía vertical sobre su mano derecha como si vertiera una jarra de agua. Yo no salía de mi asombro. Aquella mujer me pareció una taumaturga que hipnotizaba a los escualos de tal modo que se quedaban dormidos sobre su mano como si estuvieran en las cuevas de Cozumel.

La posibilidad de llegar a interactuar con los tiburones de aquella manera supuso un nuevo y definitivo cambio en mi vida, la decisión de pasar de ser un observador amante de los escualos a colaborar de algún modo con aquellos que luchaban por darlos a conocer y en su preservación. Ya con esa idea en la cabeza lo primero que hice fue intentar comprender lo que había visto en el vídeo de Cristina Zenato, y así fue como empecé a investigar sobre inmovilidad tónica.

La inmovilidad tónica es un estado natural de parálisis que sufren muchos animales ante una situación de estrés, peligro o amenaza. A veces es inducida por un agente externo, como es el caso de algunos insectos, aves, reptiles e incluso algún mamífero que caen en estado cataléptico ante un ataque, y otras se la induce el propio individuo de forma consciente y voluntaria, como el *Haplochromis livingstonii*, que se recuesta entre el sedimento legamoso del fondo de los lagos haciéndose el muerto para atraer a sus presas.

Para muestra, basta un botón: sujeten a un pato o a una gallina por el pecho y la espalda y voltéenla rápidamente dejándola patas arriba. El ave se quedará inmóvil sobre su mano, paralizada, como hipnotizada… o como muerta. Es lo más parecido a un truco de magia que sé hacer, aunque confieso que no siempre sale. En una ocasión llevé un canario para hacer una demostración durante una conferencia en National Geographic, y al muy impertinente no le dio la gana de caer en trance. Yo creo que las risas del auditorio lo distrajeron de su misión y disfrutó dejándome en evidencia, pero les aseguro que en general funciona.

En el caso de los tiburones, el estado de inversión provoca un desequilibrio fisiológico y la consiguiente inmovilidad tónica, de la que hay diferentes manifestaciones. Por ejemplo, parece que los machos de los puntas blancas de arrecife la inducen en las hembras sujetándolas por la aleta para facilitar el apareamiento, aunque bien pudiera ser que ellas mismas prefieran quedarse catalépticas para evitarlo. Por otra parte, se ha visto que algunas orcas golpean en el costado a los tiburones blancos para darles la vuelta de modo que entren en inmovilidad tónica, y una vez boca arriba los mantienen sujetos hasta que se asfixian debido a su corpulencia. Entonces las orcas los devoran, sobre todo sus hígados, muy ricos en grasas. Probablemente las orcas que se han especializado en cazar grandes escualos

Grabado con tres tipos de orcas.

procedan de las familias de las que aprendieron a paralizar a las rayas dándoles la vuelta para comérselas más cómodamente, un grupo *cultural* diferente de las que cazan leones marinos en la playa o las que acosan bancos de peces.

Al parecer, ante una situación de estrés, el organismo de los tiburones libera serotonina para relajar el cerebro y prevenir el pánico, y muchos investigadores han intentado sacar partido de esta circunstancia induciendo inmovilidad tónica a los grandes tiburones capturados con fines científicos, sobre todo para la toma de muestras. El doctor Kim Holland del Hawaii Institute of Marine Biology, por ejemplo, solía captu-

Glándulas de Lorenzini en un tiburón limón.

rar tiburones tigre y una vez en superficie los sujetaban boca arriba junto al costado de la lancha mientras tomaban las muestras que necesitaban, pero evidentemente sometían al animal a un alto nivel de estrés con consecuencias desconocidas. Lo mismo le pasaba al doctor Samuel Gruber, investigador del Bimini Shark Lab, en sus trabajos con tiburones limón.

Pero de todos modos, lo que hacía Cristina Zenato era distinto, ella no ponía boca arriba a los tiburones para inmovilizarlos, sino que lo conseguía acariciándoles el morro, posiblemente gracias a estimular un centro de relajación relacionado con las glándulas de Lorenzini. Fue entonces cuando me planteé si sería posible interactuar con los grandes tiburones en su medio acariciándoles el morro como hacía Cristina con los coralinos, y si no era así, quizá retenerlos lo suficiente para darles la vuelta e inducirles inmovilidad tónica el tiempo necesario para que los científicos tomaran las muestras precisas sin sacarlos de su medio ni causarles daño alguno.

Capítulo 14

Doce horas entre tiburones

Una nueva vida. Cacería nocturna. Y eran las seis de la mañana. André Hartmann. Un mundo de caricias. Récord de permanencia entre tiburones

ANTES DE ADENTRARME en la experimentación con la inmovilidad tónica, me propuse un paso previo en mi nueva relación con los tiburones, que fue buscar el modo de demostrar que no formamos parte de su dieta, que había que desterrar el mito de los devoradores de hombres, y para ello no se me ocurrió nada mejor que ponerlos a prueba permaneciendo doce horas seguidas entre ellos.

Pensamos el tiempo de inmersión para que tocara los dos períodos de actividad de los escualos: el diurno, más tranquilo, y el nocturno, en el que se muestran más activos y cazadores. En cuanto al sitio, elegimos Tiger Beach, el bajo en Bahamas del que ya he hablado, por la claridad del agua, la escasa profundidad y la abundancia de tiburones de gran tamaño que lo frecuentan, sobre todo tigre y limón. Y también, desde luego, por el inestimable apoyo de Scott Smith, propietario del Dolphin Dream, nuestra base de operaciones, sin cuya colaboración habría sido imposible sacar adelante el proyecto.

Teresa Migoya lideraba un equipo de casi una decena de amigos dispuestos a turnarse cada hora para bajar por parejas y cambiarme una de las botellas, suministrarme bebida energética para mantenerme hidratado y sacar fotos y vídeo. En cuanto al material, llevaba en la espalda la botella principal con una máscara *full face* que me permitía beber y comunicarme con el barco; una lateral con regulador independiente; lastre suficiente para *anclarme* al fondo con el traje semiseco y la ropa interior adecuada para protegerme de la hipotermia durante las doce horas de inmersión.

El 20 de abril de 2011, día en que el Real Madrid conquistó su 18ª Copa del Rey ganando 1-0 al Barça (gol de Cristiano Ronaldo en el minuto 103), y cito esto porque soy merengue hasta la médula[4], me levanté a las 5 de la mañana. Habíamos decidido empezar la inmersión de noche para estar descansados en la hora de mayor actividad depredadora de los tiburones. Mientras Scott colocaba las cajas de cebo, tomé una barrita energética y un zumo de frutas y luego me retiré solo a la popa del barco para aislarme un rato y armarme anímicamente. Practiqué las respiraciones profundas que había aprendido en los cursos de apnea e intenté vaciar mi mente de todo lo que no fueran buenas vibraciones, pero no pude apartar la mirada del negro mar que se extendía ante mí como un frío sudario, ni la mente de las cacerías nocturnas que había filmado en el canal de Isla Manuelita.

[4]Nadie es perfecto (Nota del autor).

Tiburón puntas blancas de arrecife.

Cuando hablé de las inmersiones con tiburones martillo en la isla del Coco cité el Bajo Alcyone, Roca Sucia y Roca Sumergida, tres lugares inolvidables, pero no dije nada del canal de Isla Manuelita, que bien merece una mención aparte. Se trata de unos bajos que están entre Isla Manuelita y Punta Agujas, donde se solían hacer las inmersiones nocturnas y se podían ver en acción a los enormes cardúmenes de tiburones de puntas blancas de arrecife (*Triaenodon obesus*). Hay tantos como en la White Tip Avenue (Sipadán), una zona en la que los pequeños tiburones no paran de pasar de un lado a otro como si fueran urbanitas en hora punta, o como en los balcones de la cara este de Roca Partida (Revillagigedo) donde se amontonan en

Página siguiente, tiburones de puntas blancas en Revillagigedo

época de apareamiento. Pero en ningún sitio se les ve tan activos como en Isla Manuelita. Producía escalofríos alumbrar de pronto el mar oscuro y ver el reflejo de cientos de ojos posados en ti, como una jauría de gatos en un callejón. En una inmersión se podían ver grupos de decenas de tiburones recorriendo juntos el fondo, una caza en manada, anárquica y convulsa, sin jerarquía, sin organización, decenas de escualos intentando penetrar en todos los orificios que encuentran empujándose unos a otros, barriendo el arrecife como un alud de nieve. Pero a pesar de tener una visión nocturna muy superior a la de los felinos, daba la sensación de que no veían bien y de que eran malos cazadores, porque no era raro ver escabullirse de entre una melé de escualos a uno de esos pececillos rojos que tan ávidamente buscaban.

En una de aquellas inmersiones me dejé llevar por la emoción y me mezclé con la masa de rastreadores. Me vi completamente rodeado de tiburones y casi contagiado de su frenesí, moviéndome con el grupo mientras iluminaba sus evoluciones con los dos potentes focos de mi cámara de vídeo. Era tal mi entusiasmo que olvidé su enorme sensibilidad respecto a las fuentes electromagnéticas, de modo que de pronto varios ejemplares de más de un metro se arrojaron contra los focos como si fueran una presa. Mi primera reacción fue apagarlos, pero no me atreví a quedarme a oscuras en plena noche y rodeado por decenas de tiburones hambrientos, un miedo atávico sujetó mi dedo. Por suerte, después de varias pruebas se convencieron de que no eran comida y se alejaron.

De modo que yo ya había vivido intensas inmersiones nocturnas con tiburones, pero era consciente de que no era lo mismo tratar con puntas blancas de arrecife que con tigre y limón.

A las 5:30 nos equipamos en silencio. José Luis y Jorge saltaron al agua antes que yo para poder grabar mi entrada en el mar. Salté, sujeté mi cámara, dije adiós con la mano a los integrantes del equipo que quedaban en cubierta y me sumergí.

El reloj marcaba las seis de la mañana.

La aventura no empezó bien. Una fuerte corriente barría el fondo impidiendo que pudiéramos asentarnos. Al principio me llevó de un lado para otro, hasta que le di la espalda y clavé la rodilla en la arena. Me encontré más cómodo, pero avisé por el micrófono a superficie que si seguían esas condiciones tendríamos que abortar el intento. Por suerte la corriente fue amainando, aparecieron los primeros tiburones limón a curiosear y yo me dejé envolver en la tranquilidad de la noche. Casi una hora después percibí una tenue claridad en el espejo que cubría nuestras cabezas, y luego, muy despacio, finos haces de luz rasgaron el agua y se desvanecieron las sombras. Es el amanecer más hermoso que he visto en mi vida, solo por eso ya merecía la pena estar allí.

A las siete y media llegaron los primeros tiburones tigre, y la inmersión cambió de tono. A partir de las siete dieron comienzo los relevos, y desde entonces fueron pasando las horas y cambiando mis compañeros de inmersión: Teresa, Alejo, Fernando, Raquel, Jorge, Connor, José Luis, Travis… Pero los que no cambiaron fueron los tiburones, siempre atentos, curioseando, acercándose a olisquear las cajas de cebo y mirándome cada vez más cerca pero siempre tranquilos, como si llevaran toda la vida compartiendo conmigo ese rincón del océano. Llegamos a tener alrededor a tres tigre y a una docena de limón, el espectáculo era electrizante. Cuando hay cebo, tanto unos como otros nadan pegados al fondo siguiendo el rastro, aunque a veces los tigre entran a media altura porque son curiosos y también se interesan por el buceador e investigan qué es. Si te estás muy quieto y no te identifican ni con la vista ni con el olfato ni con su línea sensorial lateral, buscan el contacto para ponerte a prueba, incluso pueden llegar a intentar morder para percibir tu sabor. En ese caso lo más

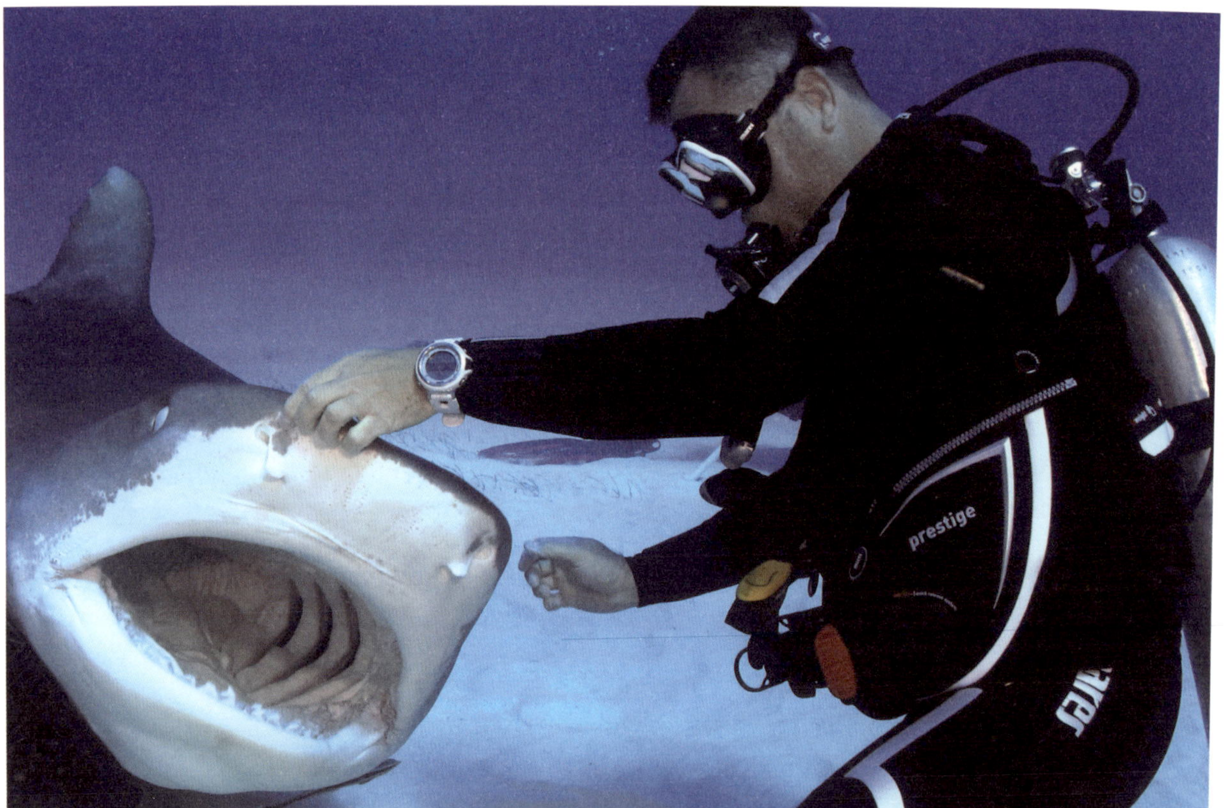

práctico es interponer un palo o la cámara. Conmigo a veces se acercaban demasiado, y mientras tenía la cámara me sentía protegido, pero cuando tuvieron que llevársela para descargar imágenes y cargar baterías, me sentí un poco desamparado. De todos modos, con un poco de sangre fría no es difícil sujetarlos por el hocico y apartarlos con la mano.

En la séptima hora, Travis bajó con una nueva caja de cebo para darles algún trozo de pescado, y casi todos los demás se unieron a nosotros para disfrutar del espectáculo. Los tiburones presintieron que algo iba a pasar, porque se habían alejado un poco y al instante volvieron a rodearnos. Un tigre enorme pasó a nuestro lado y Alejo y yo le acariciamos el lomo desde la cabeza a la cola. Al momento nos miramos, y cada uno leyó en los ojos del otro la expresión de la felicidad.

Tan pronto Travis abrió la caja y empezó a sacar un poco de comida, los tigre estrecharon el círculo. Pasaban a nuestro lado casi empujándonos, y en una de esas vi a Connor acariciando el morro a uno de ellos. Me aventuré a imitarlo, y pronto había adquirido tanta confianza que sujeté por la parte superior de la boca a uno que se me acercaba de frente e hice que se elevara casi un metro. El animal se quedó quieto, desconcertado y boqueando, pero sin intención de morder. Me sentí feliz, porque en aquel momento pensé que lo que estábamos haciendo allí tenía que ver con el trabajo que yo admiraba de Cristina Zenato y de André Hartmann.

Durante aquella inmersión de doce horas recordé precisamente algo que me enseñó André en un frío atardecer en las islas Dyer. Nos encontrábamos en la popa del barco colgando cebo cuando de pronto una aleta enorme rompió a unos diez metros la superficie plomiza del mar y se dirigió hacia nosotros lentamente. Yo di un paso atrás porque la plataforma era muy baja, pero Hartmann hincó la rodilla, hundió la mano en el agua en el momento en que el tiburón alcanzaba el borde y, sujetándolo por el hocico, aprovechó su inercia para levantarlo más de medio metro sobre la superficie. Fue impresionante. El tiburón se quedó casi vertical con los ojos metidos hacia atrás para protegerlos, boqueó seis o siete veces y volvió al agua, desorientado. De inmediato le pedí a Hartmann que me enseñara a hacer eso, y él, con una sonrisa socarrona respondió: «*Relax, my friend*». Sin saberlo, aquel fue mi primer contacto real con la inmovilidad tónica, y ahora observaba que los tiburones tigre reaccionaban como aquel blanco al alterar su horizontalidad.

Probé con los limón a ver si sucedía lo mismo, les empujé el morro hacia arriba a un par de ellos y vi que no se desorientaban tan fácilmente, que daban cuatro mordiscos descontrolados al agua y recuperaban el rumbo. Sin embargo, los tigre cerraban los ojos, o mejor dicho corrían la membrana nictitante que los protege, y parecían entrar en trance durante cinco o seis segundos hasta que curvaban el lomo, daban un coletazo y volvían en sí. Pero lo más increíble es que no se asustaban, se mantenían pegados a nosotros y se dejaban manejar una y otra vez. Pasaron dos horas como podían haber sido cuatro, para mí el tiempo dejó de contar.

La visibilidad empeoró en las dos últimas horas, y además fueron desapareciendo gradualmente los tiburones, aburridos, quizá, de mi presencia. Había calculado que después de una inmersión de doce horas a cinco o seis metros no hacía falta descompresión, pero preferí pasar la última hora a tres metros colgado de un cabo como medida de seguridad. La hora se me hizo muy larga por la expectación de la fiesta que me esperaba a la salida para celebrar el récord de permanencia entre tiburones que acababa de establecer.

Cuando por fin llegaron las 6 de la tarde y salí del agua me encontraba muy cansado, pero feliz. Feliz por haber comprobado que en ningún momento los tiburones me habían considerado una fuente de alimento, y feliz por el proyecto que ya empezaba a bullir en mi cabeza de intentar inducir inmovilidad tónica a tiburones tigre en su entorno natural.

Capítulo 15

Galanos. ¡Vengan galanos!

Los viles galanos. Arte de pesca con bala. Pruebas con los limón. Inmovilidad tónica con limón. Casi, casi, pero no. Un tigre vertical.

SENTÍ QUE HABÍA LLEGADO el momento de dar el gran paso. Después de haber estado doce horas entre tiburones, tocándolos y probando sus reacciones, me sentí con la confianza suficiente como para intentar inducir inmovilidad tónica a los tiburones tigre acariciándoles el morro, igual que había visto hacer a Cristina Zenato con sus coralinos.

Regresé, pues, a Tiger Beach cargado de ilusión, pero por desgracia, el primer año que lo intenté no tuve suerte, solo aparecieron tiburones limón, apenas vi un tigre y lejos, lo que nos obligó a cambiar los planes sobre la marcha.

El limón es un tiburón grande, casi como el toro, y su nombre le viene porque, dependiendo de la luz, tienen el lomo de un color marrón claro amarillento. También es conocido como tiburón galano en la zona del Caribe, y así es como los llama con cierto desprecio el viejo de la novela de Hemingway:

«—Galanos —dijo en voz alta.

»Había visto ahora la segunda aleta que venía detrás de la primera y los había identificado como los tiburones de hocico en forma de pala por la parda aleta triangular y los amplios movimientos de cola. Habían captado el rastro y estaban excitados y en la estupidez de su voracidad estaban perdiendo y recobrando el aroma. Pero se acercaban sin cesar».

El gran marlín pescado por Hemingway y *Mike* Strater en Bahamas en 1935.

En la «estupidez de su voracidad»... Desde luego Hemingway no expresa por los limón el respeto que unas páginas antes había demostrado por el mako, pese a ser este el primero en intentar robarle al viejo su presa. De hecho, concentra en los galanos todos sus prejuicios éticos y morales cuando dice: «Eran unos tiburones odiosos, malolientes, comedores de carroñas, así como asesinos, y cuando tenían hambre eran capaces de morder un remo o un timón de barco. Eran estos tiburones los que cercenaban las patas de las tortugas cuando estas nadaban dormidas en la superficie, y atacaban a un hombre en el agua si tenían hambre aun cuando el hombre no llevara encima sangre ni mucosidad de pez».

Pobres limón, o galanos, se diría que no hay animal más vil. No les queda ni el orgullo de vencer a un viejo agotado rayando la media noche, porque qué mérito puede tener vencer en lucha tan desigual. «Los tiburones vinieron en manada», cuenta el narrador, «y solo podía ver las líneas que trazaban sus aletas en el agua y su fosforescencia al arrojarse contra el pez. Les dio con el palo en sus cabezas y sintió el chasquido de sus mandíbulas y el temblor del bote cada vez que debajo agarraban su presa…». Pero nada, al final los tiburones ganan y el viejo entra en puerto con apenas un esqueleto sujeto a la borda.

Hemingway sabía bien de qué hablaba porque él había vivido esa misma angustia en primera persona, aunque no como un viejo solitario en una barca de vela. Cuentan que en una ocasión, y después de varias horas de pelea, pescó un marlin de más de cuatro metros junto a su amigo *Mike* Strater, y en cuanto acudieron los tiburones para arrebatarle la presa los recibió a tiros con su ametralladora Thompson. Para su desgracia, el efecto fue el contrario al buscado, porque cuanta más sangre había en el mar y más animales se convulsionaban en agonía, mayor era el número de tiburones que acudía a la fiesta. Al final cuando consiguió entrar en puerto, el marlín había perdido la mitad de su carne, y a pesar de ello pesó más de doscientos kilos.

Hemingway de pesca
con su metralleta Thompson.

Pero el arte de pesca con bala no es exclusiva de Hemingway. Zane Grey y sus compañeros no tenían empacho en disparar a las orcas, y recordemos lo que Hunter S. Thompson narra al final de *La gran caza del tiburón*: «Una extraña aventura en la que casi se les hundió la embarcación al dar con un bajío en plena oscuridad kilómetro y medio mar adentro y que terminó con todos nosotros encaramados en el puente mientras una cría de tiburón de menos de metro y medio coleaba enloquecida por la cubierta de popa, pese a que Haugen le había pegado cuatro tiros en la cabeza con una automática del cuarenta y cinco».

La escena retrata con claridad las consecuencias de mezclar alcohol y estupefacientes durante una expedición nocturna para capturar «comedores de hombres», aparte de demostrar que en la pesca con bala la elección del calibre no es cosa baladí.

Pero yo no tengo tantos prejuicios contra los tiburones limón, todo lo contrario, de hecho recuerdo unas inmersiones preciosas en los manglares de los Roques de Venezuela, donde la atracción especial eran precisamente los alevines de los tiburones limón, a los que era fácil ver en esas enormes guarderías naturales a pesar de lo huidizos y desconfiados que son.

Volvamos a aquellas inmersiones en Tiger Beach.

El hecho de que no hubiera tiburones tigre hizo que nos centráramos en los limón, más parecidos a los coralinos en cuanto tamaño y comportamiento.

Lo primero que teníamos que conseguir es que se acercaran y permanecieran a nuestro alrededor, para lo que la tripulación dispuso las cajas de cebo como solían, colgando debajo del barco y en el fondo.

Yo me coloqué de rodillas junto a esta última y esperé a que los tiburones me rodearan. Estaba tranquilo y decidido, pero verme solo entre tantos escualos hizo que extremara las precauciones. Antes de establecer con ellos ningún contacto físico, decidí comprobar de forma fehaciente que yo no despertaba su interés, y que si me rondaban era solo por el cebo. Pese a los prejuicios de Hemingway, el galano es un gran cazador solitario, con un olfato, vista y oído bastante desarrollados, que se alimenta sobre todo de peces óseos de su entorno, como caballa, atún, mero, rayas, además de pulpos, calamares y cangrejos, y que yo sepa nunca ha protagonizado ningún mal encuentro con personas.

Boca de tiburón limón.

La primera prueba que se me ocurrió fue sacar un pequeño trozo de cebo de la caja, apretarlo contra el pecho y alejarme lo más rápido posible. Los tiburones no se tiraron contra mí como habrían hecho los coralinos, pero me siguieron despacio, sin alterarse pero atentos, rodeados siempre por las grandes rémoras que suelen escoltarlos. Cuando consideré que estaba a una distancia suficiente, aproveché que uno venía de cara para soltar el cebo cuando estaba cerca. El tiburón lo engulló de un bocado, y giró tan apurado que al pasar me rozó con una de sus aletas pectorales. Repetí el juego, consciente de que eso no lo podría hacer ni con los coralinos ni con los sedosos, otro tiburón del grupo de los rápidos y nerviosos del que todavía apenas he hablado, y cada vez que tomaba un poco de cebo y me alejaba me seguían algunos ejemplares. No todos, claro, la caja siempre mantenía encelados a la mayoría. La prueba de fuego vino cuando hice los mismos gestos sin coger ningún trozo de pescado y me alejé corriendo como antes. Al volver la cabeza comprobé que no me había seguido ninguno. Todos, absolutamente todos, se

Página siguiente, tiburones limón rondando en superficie.

mantuvieron dando vueltas en torno a la caja. Aquello me convenció de que yo no tenía ningún interés para los limón, esos asesinos odiosos que «atacaban a un hombre en el agua si tenían hambre aun cuando el hombre no llevara encima sangre ni mucosidad de pez».

La segunda prueba fue más comprometida, me puse a hacer movimientos bruscos con mi mano derecha de abajo hacia arriba, y aquello sí atrajo el interés de los escualos.

Yo había bajado con un guante de cota de malla como el que usaba Cristina Zenato, por si el metal tuviera algo que ver en su modo de calmar a los tiburones acariciándoles el morro. No era descabellado pensar que el acero alterase de alguna manera sus receptores electromagnéticos, las famosas glándulas de Lorenzini, provocándoles una especie de cortocircuito placentero que los dejaba paralizados.

El caso es que noté que se fijaban mucho en la mano, supongo que los reflejos metálicos del guante les recordarían a algún pez, hasta tal punto que en una ocasión la levanté por encima de mi cabeza y uno que venía de frente subió la suya con «hocico en forma de pala», que diría «el viejo» y se tiró a morderla. De inmediato me giré, la pegué al costado y el tiburón pasó de largo, pero puedo decir que vi en primer plano sus mandíbulas y pude apreciar las diferencias entre el tipo de dientes de una y otra. A partir de entonces, me moví de forma lenta y controlada, y el incidente no volvió a repetirse.

Cuando al fin me sentí cómodo y confiado, me propuse parar a alguno y ponerlo en vertical como hacía Cristina Zenato.

Los tiburones trazaban una y otra vez el mismo recorrido, se acercaban a la caja a ras de suelo y se alejaban despacio para dar una nueva vuelta, de modo que me coloqué a un par de metros en una de las líneas de salida y esperé a que entrara uno muy despacio para retenerlo suavemente de la aleta dorsal y empezar a acariciarle el morro con la mano enguantada. El tiburón tiró un poco cuando lo sujeté, pero tan pronto empezaron las caricias se dejó hacer y se posó en el fondo. Yo estaba emocionado, mi sonrisa era tan amplia que se me salía el regulador de la boca. Moví el pulgar sin tregua acariciándole el morro como si diera cuerda a un reloj enorme, y el animal parecía tan entregado que me decidí a cambiar la mano izquierda de delante a detrás de la aleta dorsal. Empecé entonces a levantarlo despacio, el tiburón permanecía quieto y tranquilo, pero cuando ya había alcanzado una inclinación de treinta grados, otro ejemplar me lanzó un mordisco a la mano con la que le acariciaba el morro. Supongo que el brillo del guante metálico moviéndose rítmicamente le hizo creer que era presa fácil. La sorpresa hizo que apartara la mano de golpe, mi captura se agitó, dio un coletazo y se fue. Mala suerte, aunque creo que yo tuve también parte de culpa, quizá si hubiera estado más

tiempo y me hubiera movido más despacio no habría llamado la atención del otro escualo, pero me pudo la impaciencia.

Aún así salí contento de los ensayos con los tiburones limón y con más ganas que nunca de probar a inducir inmovilidad tónica a los tigre, cosa que hice en el 2014 en Fish Tales, un punto de inmersión a unas dos millas de Tiger Beach y de similares características.

En esa ocasión bajaron conmigo Teresa Migoya y Mateo Silvente, el mejor equipo de filmación que nadie pudiera desear, y nos colocamos separados, uno a cada lado y yo de rodillas junto a la caja de cebo plantada en medio del arenal. Los tigre no tardaron en rondarnos, dos, tres y en algunos momentos hasta cuatro fueron estrechando el círculo para saciar su curiosidad. Como siempre, los escualos entraban a media altura y muy despacio, permitiendo el contacto físico. En las

primeras pasadas me limité a acariciarles el lomo, durante un rato no usé guantes y me gustó sentir su piel dura y áspera. Cuando me encontré realmente cómodo decidí intentar parar a una hembra que me pareció especialmente tranquila. El animal entró como las veces anteriores, muy despacio y como a medio metro del fondo, se acercó a la caja e intentó morderla. En ese instante vi mi oportunidad de aplicar lo visto en el vídeo de Cristina Zenato y lo practicado con los tiburones limón.

Le sujeté el morro suavemente con la mano izquierda mientras que con la derecha empecé a acariciarle la zona de la boca y el hocico donde están localizadas las ampollas de Lorenzini, pero lejos de apaciguarse, el animal agitó la cabeza y se revolvió con riesgo para mi mano. Mis caricias parecieron

molestarlo, más que relajarlo, y no logré detener su marcha ni medio segundo. De dos cabezazos se libró de mí y siguió adelante. No me di por vencido. Lo volví a intentar varias veces con distintos ejemplares, pero siempre sin éxito.

Subí al barco muy desilusionado. Pensé que había sido un optimismo ridículo creer que podría manejar a un tigre de cuatro metros como a un coralino de metro y medio; bien pen-

sado, parar a un tiburón tigre era como parar un coche con la mano, ¡a quién se le ocurre! Pero mientras intercambiaba impresiones con los guías del barco, me propusieron que intentara sujetar al tiburón con las dos manos, una en el morro y otra en la boca, y que aprovechara su inercia para ponerlo vertical.

Siempre he respetado la opinión de los guías, son los que más saben porque ellos bucean todos los días con los mismos tiburones, y aquello sonaba plausible. Otra cosa era hacerlo.

Volvimos a bajar y nos colocamos igual que antes, los tigre regresaron a nuestro lado y empezó de nuevo el reto. Seguí el mismo protocolo: caricias, pequeñas retenciones sujetándoles la aleta dorsal y frotándoles el morro, hasta que empecé a probar lo que me habían sugerido. A la quinta vez pasó muy despacio mi hembra favorita, saqué un trozo de pescado de la caja y mientras lo engullía la retuve del morro con decisión. Ella se arqueó hacia arriba y abrió la boca para librarse, pero se la cerré con la otra mano y le empujé la cabeza hacia abajo. En ese instante se cruzaron nuestras miradas y vi cómo corría la membrana nictitante para proteger sus ojos. Con la cabeza señalando hacia la arena, volvió a arquear el lomo desorientada, y yo avancé hacia ella arrastrando las rodillas para no perder el equilibrio. Con emoción vi que su enorme cuerpo se empezaba a elevar impulsado por su propia inercia. Yo mantenía apretada la mano que sujetaba la mandíbula, pero en ningún momento sentí que intentara abrir la boca, casi parecía relajada. Más confiado, empujé entonces con fuerza la cabeza, primero hacia atrás, y cuando el cuerpo estaba a cuarenta y cinco grados, la llevé hacia arriba de modo que de pronto me encontré con un enorme tiburón tigre de cuatrocientos kilos totalmente en vertical haciendo equilibrio entre mis manos. Me invadió una intensa sensación de orgullo. No fueron más de tres o cuatro segundos, porque al instante el animal se venció hacia un lado, dio un coletazo y se fue. Todo había sido muy rápido e intenso, me sentí confundido pero miré a Teresa y vi el brillo en sus ojos y supe que lo había conseguido. ¡Había conseguido manejar a un tiburón tigre en su medio natural!

SCUBAPRO
NEPTUNIC
SHARK SUITS

Capítulo 16

Día tras día, con sol, viento o lluvia

Gorilas, chimpancés y tiburones. *La malagueña* es italiana. Cristina Zenato, en directo. Mi baile con los coralinos. Sedosos en Jardines de la Reina. Inmovilidad tónica con tiburones tigre

DIAN FOSSEY llegó a establecer una relación personal con los gorilas de montaña que estudiaba, y Jane Goodall logró algo parecido con los chimpancés de Gombe. Al principio los simios huían de ella, pero no se dio por vencida. Empezó observándolos con prismáticos, y poco a poco fue reduciendo la distancia hasta que los chimpancés la admitieron en su intimidad. Ella misma lo cuenta en su biografía: «Día tras día, con sol, viento o lluvia, subo a las colinas. Aquí es donde estaba destinada a estar». Y eso mismo podría firmar Cristina Zenato respecto a su relación con los tiburones coralinos de Nasáu.

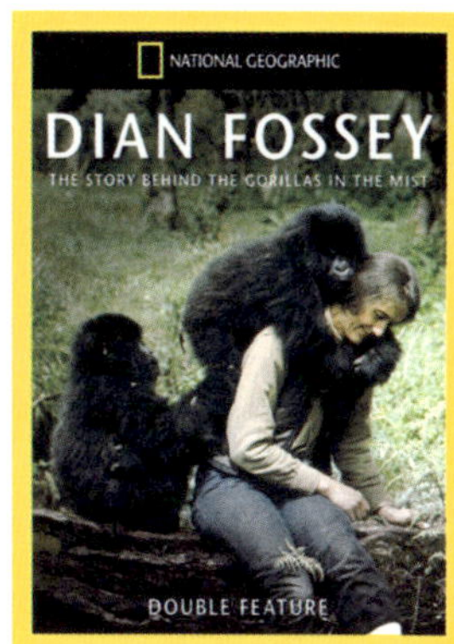

Creo que fue en julio de 2015 cuando empezamos a contemplar la posibilidad de comprar un barco en Bahamas para organizar cruceros tanto a Nasáu como a Gran Bahama, y mientras estudiábamos la viabilidad del proyecto vi la ocasión de conocer personalmente a Cristina, la buceadora cuyo vídeo tanto me había impresionado.

En noviembre le escribí presentándome y solicitando apuntarme a uno de los cursos que impartía de buceo con escualos, y me respondió que ya me conocía por la aventura de las doce horas entre tiburones, pero que por desgracia no le quedaban plazas para las fechas que yo proponía. Aún así, insistí en conocerla y en hacer con ella al menos una inmersión, y respondió que en eso no habría problema, que me pusiera en contacto con la administración del centro de buceo, que ella era la directora técnica y buceaba casi todos los días, pero que no llevaba los asuntos logísticos. Obedecí sus instrucciones, un poco más frías de lo que hubiera deseado, y me presenté en el centro a la hora indicada.

Con Cristina Zenato.
En la página 248, ambos con trajes de malla.

Cristina llegó con bastante retraso por no sé qué problema con unos clientes. No se lo tuve en cuenta, como tampoco habría pedido explicaciones a Spiderman si me hubiera tenido esperando en la terraza del Empire State. La emoción de encontrarme cara a cara con mi ídolo compensaba con creces las incomodidades. Por fin tenía ante mí a la mujer que hasta el momento solo había intuido bajo un traje de cota de malla. Físicamente respondía a la imagen que me había hecho de ella: talla media, espalda ancha y brazos fuertes, el pelo cortado en media melena y recogido en la nuca con una goma. El rostro, atezado, se ilumina cuando se abría en una amplia sonrisa. Habla cuatro idiomas, de modo que nuestra conversación se desarrolló en español.

De inmediato congeniamos. Le declaré mi admiración por su trabajo y la ilusión que me hacía conocerla, y después de un rato ella me confesó su reticencia inicial cuando leyó mi carta y la sorpresa de que no fuera la persona altiva y engreída que esperaba. Le parecí un tipo normal, y eso en sus labios era todo un elogio.

A partir de ese momento decidió que le apetecía charlar conmigo. Hablamos mientras nos poníamos los equipos y durante el trayecto hasta el punto de inmersión, y antes de saltar le conté orgulloso la hazaña de dejar en vertical durante cuatro segundos un tiburón tigre. Ella me dedicó entonces una media sonrisa y me contó que había dejado quince minutos inmóvil a un coralino. En fin, las comparaciones nunca llevan a nada bueno.

Su punto habitual de inmersión era junto a un pecio de doce metros de eslora a unos veinte metros de profundidad.

Al principio la inmersión fue parecida a la que ya había vivido en Bahamas. Los buceadores nos colocamos de rodillas en una línea junto al pecio y ella se puso a unos siete u ocho metros, vestida con el traje de malla de acero y un cilindro en el costado lleno de trozos de caballa. El resto de los buceadores íbamos sin ninguna protección, no hacía falta, los tiburones saben bien qué es comida y qué no, y tienen claro que en el cilindro está lo que les interesa. Al instante Cristina se vio rodeada por un enjambre de tiburones que se agitaban a su alrededor como la gusanera que describe Melville. Despacio, sin perder nunca la compostura, empezó a sacar trozos de pescado para dárselo en la boca al tiburón que quería. Era el equilibrio dentro del caos, el control en la tormenta.

Pero de pronto la situación dio un giro. Cristina dejó a un lado el tubo con el cebo y se arrodilló en el fondo arenoso. Los tiburones seguían pasando muy cerca, pero ella en vez de darles de comer los acariciaba, les rascaba el lomo, les tocaba el morro con suavidad, y ellos nadaban cada vez más despacio, algunos prácticamente se detenían cuando estaban a su altura, e incluso dos se posaron en el suelo y apoyaron la cabeza contra su regazo. El espectáculo era tierno y maravilloso, estaba viviendo en directo lo que tantas veces había visto en el vídeo, y creo que en mi mente hasta sonó la música de *Malagueña salerosa*, pero el hecho de estar allí y ser testigo directo hizo que un escalofrío me recorriera la espina dorsal.

Pasados unos minutos, se centró en uno de los ejemplares que se había tumbado y empezó a acariciarle el morro con un movimiento circular del pulgar, y poco después se puso en pie sujetando al animal por la dorsal mientras le seguía acariciando y, para nuestra sorpresa, nos lo acercó para que todos pudiéramos tocarlo. Por fin, en un alarde de control, lo levantó de la cola y lo dejó completamente vertical sobre su mano derecha como si sostuviera un violín. Ignoro cuánto tiempo fue, pero me pareció una eternidad.

Cuando salimos del agua la felicité entusiasmado, me encontraba eufórico y con pena por no poder prolongar nuestro encuentro, y entonces ella me propuso que siguiéramos charlando en su casa tomando una taza de café.

—Soy italiana, aunque nací y me crié en el Congo —me contó en cuanto nos sentamos a la mesa—, pero a estas alturas me siento más de Bahamas que de ningún otro lugar. Esta es mi casa, yo la he elegido. Llegué aquí como buceadora aficionada…

Y siguió narrándome su vida en relación a los tiburones: curiosidad al principio, interés y amor al fin, y yo me identifiqué totalmente porque me parecía estar oyendo mi propia historia.

—¿Cómo diste con el método para pararlos? —le pregunté en un momento en que la conversación giraba en torno a las técnicas aprendidas bajo el agua.

—Por casualidad —respondió ella con modestia—. Ya has visto cómo se acercan cuando hay comida, es fácil acariciarlos pero son muy nerviosos, y en una ocasión me di cuenta de que cambiaban de actitud si les tocaba el morro. Parecía que retenían la marcha para prolongar el contacto, de algún modo sentí que les provocaba una sensación placentera. Dedujimos que probablemente ese contacto creara algún tipo de estímulo de los impulsos electromagnéticos generados en las ampollas de Lorenzini —añadió encogiéndose de hombros.

—Pero yo he visto que algunos tiburones ya se acercaban muy despacio antes de que los tocaras, incluso un par de ellos se han recostado en tu regazo sin contacto previo.

Cristina me miró entrecerrando un poco los ojos.

—Sí, claro —afirmó esbozando una media sonrisa—. La técnica funciona, así es como empezó todo, pero a estas alturas yo creo que hay algo más.

Página siguiente, Cristina Zenato entre tibrones coralinos.

—¿A qué te refieres con algo más?

Cristina bajó la voz.

—A que los tiburones me conocen.

Creo que abrí mucho los ojos como señal de sorpresa, porque ella me miró divertida antes de añadir con la sonrisa abierta

—Esto es como un barrio.

—¿Y tú los conoces a ellos?

—¿Cómo no los voy a conocer? Los veo a diario, a algunos desde hace más de ocho años, los conozco a casi todos. Incluso distingo el carácter de cada uno y de qué humor están.

Yo ya era consciente del carácter de los tiburones, ya hemos hablado de eso en relación a los *longimanus* y los tigre, pero lo del «estado de humor» lo tomé por una broma. Miré a Cristina con admiración, no es fácil establecer una relación íntima con un animal, y mucho menos con un tiburón. Me parecía increíble. Debió de leer mis pensamientos, porque dijo:

—No hay mucho secreto en esto, Karlos, créeme. Si visitas el mismo sitio ciento treinta veces al año, conoces a todos los animales, y ellos te conocen a ti. Ten en cuenta que bajo siempre con comida, los alimento, los ayudo, y ellos lo saben. Entre nosotros se han establecido lazos de afecto, de amistad, de confianza. Existe una verdadera relación, ese es el secreto.

Yo la escuchaba y quería creer en sus palabras, pero no dejaba de sonarme irracional oír hablar de lazos de afecto, amistad y confianza entre un humano y un tiburón.

—¿Qué quieres decir con que los ayudas?

Cristina salió un momento de la habitación y volvió con una caja que contenía más de cuarenta anzuelos de gran tamaño.

—Mira —me dijo—, todos se los he quitado yo con mis propias manos.

—¿De la boca?

—Sí, claro. Bueno, alguno de otros sitios, pero la mayoría de la boca, sí.

Le miré las manos, grandes, fuertes, con las uñas muy cortas, no eran las manos de un cirujano, pero definitivamente eran manos que curaban.

—¿Y no te afectan las críticas que dedican algunos naturalistas a los que dan de comer a los tiburones?

Cristina sonrió, pero esa vez su sonrisa pareció una mueca.

—Si yo no atrajera a los tiburones alimentándolos, nunca les habría podido liberar de estos anzuelos.

—Ya, pero esos naturalistas mantienen que toda intromisión en su medio implica algún modo de destrucción. A mí me llovieron golpes de todas partes cuando intenté practicar la inmovilidad tónica con los tigre.

Cristina se encogió de hombros y cerró suavemente la caja de los anzuelos.

—Siempre habrá quien critique —dijo pensativa—. Hagas lo que hagas, nunca le gustará a todo el mundo. Pero en mi opinión, el único modo de conocer a los tiburones es acercarse a ellos lo más que podamos, y la mejor forma de

Anzuelos retirados
por Cristina Zenato.

que la gente los acepte es que pueda verlos de cerca y deje de temerlos.

—¿Tú crees que se podría llegar a manejar a un tiburón tigre como a un coralino?

Se tomó unos segundos antes de responder.

—No lo sé. Hay una enorme diferencia de tamaño y por lo que cuentas no responden igual a las caricias en el morro, pero… —dijo alzando los hombros—. De todos modos, mañana bajamos juntos, pruebas con los coralinos y tú mismo ves las diferencias.

Se me hizo larga la espera. Al día siguiente me proporcionaron un traje de malla completo, con guantes y todo, como el de Cristina. Era un mono que pesaba unos catorce kilos, de modo que hinché a tope el chaleco hidrostático antes de saltar al agua para no hundirme como una bala de cañón.

Descendí despacio, y una vez en el fondo me quité las aletas, me puse en pie y asenté bien el peso entre las dos piernas. Entonces Cristina me pasó el cilindro con el pescado. De inmediato me vi rodeado por una veintena de tiburones que se empujaban entre ellos y me empujaban a mí, y no solo tiburones, a mi alrededor se formó una bola de peces de todos los tamaños que me impedían ver a más de veinte centímetros de mis narices. Tuve claro la razón de llevar el traje de malla, en aquella vorágine era fácil llevarse un mordisco. Hubo un momento en que casi sentí claustrofobia, pero respiré hondo y conseguí controlar los nervios. Esperé hasta que los tiburones se calmaron un poco antes de sacar mi primer trozo de pescado. Sabía que

A la derecha, Karlos entre tiburones coralinos.

debía tener claro a qué ejemplar estaba destinado, porque si un trozo de cebo se queda a la deriva se tiran todos a por él sin dudar y puede haber un accidente. Elegí al afortunado que nadaba en la dirección y la altura adecuada y deslicé la mano entre la tapa de goma del cilindro. Al instante noté un ligero sobresalto en todos los escualos que me rodeaban, me recordaron a una manada de gacelas que alzan a la vez la cabeza y flexionan los cuartos traseros por si hay que salir corriendo. En su caso, hacia mi mano. Hundí los talones en la arena, flexioné un poco más las rodillas, sujeté con fuerza el trozo de pescado y lo saqué con decisión cuando mi elegido estaba a menos de un metro. Satisfecho, iba a soltarlo delante de su cabeza cuando un mero enorme me lo arrancó de la mano. Me costó media docena de intentos calcular la velocidad del tiburón y el momento óptimo de la suelta, pero al final lo conseguí.

La segunda parte de la inmersión fue aún más emocionante. Me arrodillé, dejé al lado el cilindro con el cebo para que mantuvieran su interés en mí y empecé a tocarlos como le había visto hacer a ella, incluso a acariciarles el morro, pero al principio no noté que retuvieran la marcha. Cristina me indicaba con gestos que no los forzara, pero me costaba mucho controlar la ansiedad, lo mismo que me había pasado con los galanos. Después de un buen rato logré que alguno se quedara casi parado, y aunque no acabaron de posarse sobre mí, me di por más que satisfecho.

Sin embargo, el estado de relajación que Cristina consigue imbuir en los tiburones coralinos no sé si se puede considerar inmovilidad tónica, el efecto parece muy diferente al que se produce por una brusca inversión de la horizontalidad, tal y como hemos visto que sucedía en otro tipo de escualos, como los de puntas blancas de arrecife, los limón o los tigre. Otro ejemplo son los tiburones sedosos, tal y como pude comprobar durante el rodaje de nuestro último documental en Jardines de la Reina (Cuba).

Estábamos rodando en una zona de manglares porque queríamos documentar la interacción entre los cocodrilos y los alevines de tiburón, y para relajarnos un poco el guía nos propuso hacer una inmersión con cebo suelto en aguas poco profundas para ver tiburones sedosos (*Carcharhinus falciformis*), que guardan cierto parecido con los grises y los coralinos y son tan rápidos y curiosos como ellos. Aceptamos de inmediato.

Los guías colgaron un cabo lastrado cerca de proa con una caja de cebo en el extremo, yo salté por popa con uno de ellos y nos quedamos a un par de metros de profundidad para rodar planos cenitales. Luego tiraron pedazos de pescado desde cubierta y al momento aparecieron una veintena de sedosos que empezaron a comer a mi alrededor y a rondar la caja de cebo. Era muy bonito verlos, los sedosos son tiburones muy elegantes con un cuerpo esbelto, hocico y ojos redondos y la pequeña aleta dorsal un poco retrasada respecto a las pectorales. Supongo que sería por efecto de la incidencia de la luz del sol, pero me pareció que los había de distintos colores, algunos parecían gris oscuro y otros ocres, pero todos eran rápidos y vivaces.

prestige

La primera inmersión fue intensa, y mientras nos preparábamos para la segunda, el guía me comentó que habían seguido con mucho interés mis progresos en inmovilidad tónica, y que ellos se la inducían a los sedosos agarrándolos por la cola al paso y dándoles la vuelta. Me quedé con la boca abierta. El método era tan directo y expeditivo que merecía una demostración, y Wilfred, que así se llamaba nuestro guía, no se hizo de rogar. Se colocó al lado de la caja de cebo que colgaba del cabo de proa y esperó hasta que pasó cerca un ejemplar de más de dos metros, y en cuanto le hubo sobrepasado medio cuerpo lo enganchó de la cola y con un movimiento rápido y brusco le dio la vuelta. El tiburón se quedó quieto, completamente inmóvil, se limitó a abrir y cerrar la boca rítmicamente, se lo podía acunar como a un bebé. Pasados treinta segundos Wilfred lo puso de lado y lo soltó con un cachete en el lomo. El animal dio un coletazo para recuperar la horizontalidad y se fue nadando como si tal cosa. Qué puedo decir. Impresionante.

Al año siguiente me animé a intentarlo otra vez con los tigre. Había logrado poner vertical a un ejemplar y ya era hora de buscar el modo de intentar darle la vuelta en horizontal para inmovilizarlo y ver si sería posible trabajar con él en esas circunstancias. Si las orcas lo hacen con tiburones blancos y los cubanos con los sedosos, por qué no iba a poder hacerlo yo con un tigre.

Volvimos Teresa y yo a Tiger Beach con el equipo de siempre. Una hembra enorme no tardó en husmear sin complejos en torno a la caja de cebo, incluso intentó morderla. Calculé que pesaría más de media tonelada. En una de sus aproximaciones hice el primer intento, pero el animal no se dejó voltear. En el segundo no paraba de dar bocados a la caja y era imposible acercar la mano para cerrarle la boca sin correr un riesgo excesivo, de modo que le solté el morro. A la cuarta vez le conseguí cerrar la boca con una mano, le sujeté la cabeza por arriba y por abajo y giré bruscamente los brazos y las muñecas antes de que pudiera resistirse. El animal giró ciento ochenta grados sobre sí mismo, corrió la membrana nictitante y se quedó quieto, paralizado. De inmediato retiré la mano de la boca y me quede sujetándole la cabeza con la otra. En ese momento estaba completamente horizontal, boca arriba e inmóvil. Tan solo mantenía un tímido boqueo. Recordé que los tiburones blancos mueren de asfixia cuando las orcas les dan la vuelta, de modo que observé su respiración. No tenía ni idea de cuánto tiempo podría aguantar un tigre en ese estado, eso queda pendiente, pero tampoco quería arriesgarme a provocarle ningún daño, así que pasados unos segundos lo solté y le empujé suavemente el torso para que recuperara su posición natural. La tiburón reaccionó, se agitó como si tuviera un escalofrío y recuperó su marcha habitual. Yo estaba entusiasmado, tenía ganas de gritar, de hecho grité un enorme sombrero de burbujas.

He empezado este capítulo con Cristina Zenato, y con ella quiero acabar. La charla que me he permitido dramatizar despertó en mí una sana envidia, porque yo no vivo en un lugar

donde pueda bucear con tiburones a diario y eso impide que llegue nunca a tender con ellos los lazos que ella describe. A veces me atormento pensando que si de seis veces que he ido a Bahamas a bucear en Tiger Beach he conseguido inmovilizar a un tigre en tres ocasiones, qué no lograría si bucease con ellos todas las semanas.

Mi idea al escribir este libro ha sido proteger a los tiburones de la extinción lavando su imagen de bestias devoradoras de hombres, para presentarlos como los animales fascinantes que son. Cuanto más sabemos, más conscientes somos de lo que ignoramos, y ojalá estas páginas sirvan de estímulo para que nuevos investigadores se unan al esfuerzo de hacer su mundo cada vez más comprensible. Aún tenemos tanto que aprender…

Epílogo del autor

Hace treinta años que buceo y tenía ganas de escribir algo sobre el tema, pero necesitaba una historia de base, un hilo conductor y, sobre todo, me hacía falta un personaje. Por suerte, Karlos apareció con las tres cosas.

Para un escritor es un regalo que el protagonista de su libro de aventuras se siente en su despacho y le proporcione todos los detalles necesarios para armar un relato, o un ensayo, que aún no sé cómo llamar a lo que acaban de leer. Disfruté, me reí y me emocioné con sus anécdotas, y solo lamento que al pasarlas al papel hayan perdido parte de su frescura. Es su culpa, por no haber elegido a alguien más hábil. Y culpa mía si en alguna ocasión me crezco con las descripciones o me paso con las citas literarias y hago que suene un poco pedante, pero a mí me gusta así, qué se le va a hacer, cada uno arrastra consigo sus propias miserias.

Ahora que tengo el micrófono aprovecho para agradecer a Teresa Migoya y a Emilia Fernández de Navarrete su paciencia y colaboración desde que salió por primera vez de nuestros labios aquello de: «Y si escribimos un libro…».

Queda mucho por contar. Nos hemos limitado a hablar de tiburones, pero podíamos haberlo hecho de pecios, de cuevas, de buceo bajo el hielo. Y puede que lo hagamos. ¿Quién sabe? A los dos nos gusta contar historias, y ustedes no nos van a hacer el feo de dejarnos con la palabra en la boca.

Agradecimientos

A MARIO, mi amigo del alma, mi «hermano», que me enseñaste a reír siempre. Los años que pasamos juntos en la montaña, escalando, no los olvidaré jamás. Eres parte de este libro y siempre serás parte de mi vida. Una grandísima pena que te fueras tan pronto… DEP.

A Alside, mi primer instructor de buceo, sin él, mi historia submarina nunca hubiera comenzado. ¡Gracias hermano!

A Teresa, Ernesto, Gilda y Pedro por haber hecho posible el sueño del documental de Cozumel. También gracias a Pablo, Beto, Memo, *el Momia*, Germán, Yibrán, Sandoval y una lista sin fin de gente increíble de Cozumel.

A Ruth Lorenzo por el valor que tuvo al enfrentarse a su principal miedo: los tiburones.

A Inma Marín, Luca Belladonna y Teresa por ayudarme a superar mi psicosis por la profundidad a consecuencia de mi accidente en el Cantábrico.

A Olivia, Conchi y Nandi por haberme acompañado en parte de mi vida y en muchas aventuras submarinas que salen en este libro, aunque especialmente le doy las gracias a Nandi por haber sido «tan buena compañera» en la inmersión de Barracuda Point.

A José Luis Gallego por haberme acompañado en tantas aventuras y haber sido mi *gurú* en ese mundo tan apasionante del marketing digital y las páginas webs.

A Jessica Déniz por haber sido mi *compañeira* en las inmersiones del programa *España bajo el agua* de TVE y por haber sido capaz de vencer algunas fobias gracias al buceo.

A mi gran amigo Pepe Esteban, por cómo es y por compartir la misma pasión que yo por el buceo y los tiburones.

A Teresa, Jorge, Rakel, Echevarrieta, José Luis, al capitán Scott Smith y a su tripulación por su gran ayuda y colaboración en mi récord de las doce horas.

A Alejo, mi otro *Bro*, que tanto cariño me ha dado y me da. *Papín*, nos quedan muchas inmersiones que hacer juntos, igual o mejores que las que hicimos en «las doce horas».

A Jesús Calleja por haberme dado la oportunidad de colaborar en el primer programa de buceo de *Desafío extremo*.

A mis amigos y expertos en tiburones Cristina Zenato, Andre Hartmann, Dr. Mauricio Hoyos, Elke Bojanowski, Erich Ritter y el apneista Alejandro Lemus, por compartir conmigo inmersiones y enseñarme muchos secretos de los tiburones.

A los cientos de centros de buceo y barcos de crucero que me han dado apoyo y servicio en mis viajes y aventuras.

Sin salud, es imposible bucear, por eso infinitas gracias a mi cardiólogo, traumatólogo y nutricionista, que cuidan de mí para que pueda seguir escribiendo más capítulos en mi historia de buceo: José Ángel Cabrera, Ángel Villamor y Ana Bellón. A mi amigo y «superfisio», Ángel Sorube, que además de tener unas manos «mágicas» fue la persona que me presentó a Alfonso Mateo-Sagasta. Y a mi mejor amiga, mi dentista, Almudena Plaza, de las mejores personas que conozco, que además de quererme infinito cuida perfectamente de mi boca.

A Emilia y Concha por aportar ideas y ser cómplices de este libro.

A mis amigos y fotógrafos que han participado con sus fotografías en parte de este libro: Juan José Sáez, Joaquín Gutiérrez, Mateo Silvente, Erick Higuera, Beto Friscione, Óscar Espinasa, Teresa Migoya, Erik de Vicente, Jiacopo Brunetti, Salvador Nolla, Juan Carlos Calvín, Ernesto García y Cipriano González *Cipri*, cuyas fotos ilustran parte de este libro.

A las marcas de buceo Tecnomar, Cressi y Seac por su apoyo y colaboración en muchas de mis pasadas aventuras, pero en especial, le doy las gracias a la marca de buceo MARES y a Marc Mayoral, que han apostado por mí y mis últimos proyectos colaborando de una forma excepcional.

A Jesús y a la editorial Reino de Cordelia por haber confiado en mi historia con tiburones.

Y sin duda, al escritor de esta obra, Alfonso Mateo-Sagasta, «mi compañero», que ha sabido plasmar en estas páginas treinta años de mi vida con tiburones.

A todos… MILLONES DE GRACIAS.

Con Alfonso Mateo-Sagasta en la isla del Coco.

Fichas de tiburones citados

TIBURÓN BALLENA *(Rhincodon typus)*

Nombre inglés: *Whale Shark*
Orden: Orectolobiforme
Familia: Rhincodontidae
Longitud máxima: 12 m. (hasta 20 m. sin confirmar)
Tipo de reproducción: Ovoviviparismo

SE LE PUEDE VER en el Atlántico oriental y occidental; en todo el océano Índico, incluido el Mar Rojo y el Golfo Pérsico; en el Pacífico, de Japón a Australia y Hawái, y de California a Chile. La mayor concentración de tiburón ballena se produce en Filipinas (de enero a mayo), en México (de diciembre a septiembre), en Malasia y Yibuti.

- Habita en los océanos tropicales y subtropicales. Es una especie pelágica que frecuenta regiones costeras en ciertas temporadas del año, según temperaturas y alimentación, buscando eventos de desove de otros peces o mucha productividad primaria (plancton). Su rango de profundidad va desde la superficie a los casi doscientos metros.
- Es el pez más grande que existe. Puede pesar hasta 15.000 kg. Es migratorio y solitario, aunque puede formar grupos en áreas de alimentación.
- El dorso del cuerpo es de color grisáceo azulado con columnas de puntos blancos y franjas verticales también blancas sobre el fondo oscuro, con carenas longitudinales en la parte superior del cuerpo y vientre totalmente blanco. El patrón de coloración es único para cada individuo y se utiliza para su identificación. Su piel puede llegar a tener 10 cm de grosor. El cuerpo es alargado, robusto e hidrodinámico. La cabeza es ancha y aplanada, con ojos laterales, pequeños, sin membrana nictitante. Detrás de ellos aparecen los espiráculos. La boca puede llegar a medir metro y medio de ancho y las mandíbulas están llenas de pequeños dentículos. Tiene cinco pares de branquias enormes. Cuenta con dos aletas dorsales, dos pectorales y una caudal que en los adultos tiene forma de media luna. En los juveniles se aprecia la aleta posterior más grande. La cola puede medir más de dos metros y medio de altura.
- Es de alimentación planctónica, incluyendo peces pequeños, crustáceos y calamares. Puede llegar a filtrar hasta seis mil litros de agua por hora y es muy fácil encontrarlo en posición vertical con la cabeza cerca de la superficie.
- Su reproducción es ovovivípara, los huevos eclosionan en el interior de la madre y al nacer tienen entre 40 y 60 centímetros de longitud.
- Aunque basándose en las bandas vertebrales se estima una longevidad de treinta y ocho años, hay datos de sesenta e incluso más.
- Es capturado de forma masiva en zonas del Tercer Mundo. Se utiliza su carne fresca, seca y salada; el aceite del hígado; las aletas para sopa; la piel en productos de cuero y los despojos como harina de pescado. Los cartílagos tienen varios usos en medicina china.
- En la Lista Roja de Especies Amenazadas de UICN[1] está calificado como de **alto riesgo de extinción** por su lenta reproducción y lo que tarda en alcanzar la madurez sexual.

[1] Unión Internacional para la Conservación de la Naturaleza.

TIBURÓN BLANCO *(Carcharodon carcharias)*

Nombre inglés: *Great white Shark*
Orden: Lamniforme
Familia: Lamnidae
Longitud máxima: 7,2 m.
Tipo de reproducción: Oviviparismo

Es relativamente común en la costa sur de Australia y en Nueva Zelanda, en las costas este y oeste de Estados Unidos, en Hawái, costa oeste de Baja California, Isla Guadalupe y Golfo de California, Islas Galápagos, costas de América del Sur (este y oeste), del mar Mediterráneo (España, Francia y África), China, Japón y Corea. Aunque su hábitat preferido son los océanos templados y tropicales, se han llegado a ver ejemplares en la costa oeste de Alaska y Canadá.

- Prefiere las aguas templadas de plataformas continentales e insulares. Se mueve por las áreas costeras y también en zonas oceánicas e islas alejadas de los continentes. Suele ser solitario. Se encuentra tanto en fondos rocosos como en arenosos, arrecifes de coral y aguas profundas, hasta casi los mil trescientos metros.
- Es el más grande de los tiburones carnívoros. Puede pesar hasta 3.000 kg.
- Tiene el cuerpo robusto en forma de torpedo (muy hidrodinámico, puede alcanzar una velocidad de veinticinco km./h.), hocico cónico, hendiduras branquiales muy amplias, cola homocerca —es decir, con ambos lóbulos de igual tamaño formando una media luna— y quilla pronunciada en el pedúnculo caudal. Mantiene la temperatura corporal de 7 a 10° C, más caliente que el agua, gracias a mecanismos metabólicos de retención del calor. Sus dientes son triangulares (de hasta siete cm de longitud), en una sola hilera funcional y con los bordes aserrados. Los ojos son redondos, oscuros y sin membrana nictitante. Es de color gris oscuro en la parte superior y blanco en el vientre, lo que le permite mimetizarse en el ambiente.
- Es el único tiburón que saca la cabeza del agua para observar lo que sucede alrededor, y que además es capaz de saltar a gran altura.
- La alimentación es a base de pinnípedos (focas y leones marinos), peces óseos, otros tiburones, rayas, pájaros y cetáceos.
- Probablemente la hembra para cada dos o tres años. La duración de la gestación es de aproximadamente de dieciocho meses, y durante la misma se produce canibalismo intrauterino (oofagia: siendo embriones, se pueden comer unos hermanos a otros o a los huevos en el útero materno). Al final pueden nacer entre cuatro y catorce crías, con un tamaño de hasta un metro y medio.
- Se calcula que la longevidad de los individuos de esta especie ronda los treinta y cinco años, aunque se cree que puede llegar a los setenta.
- La supervivencia de la especie está gravemente amenazada a causa de la persecución a la que se ha visto sometido por su peligrosidad con el hombre y su fácil localización. Aunque la especie está protegida en algunos estados de Australia, California y Sudáfrica, se la clasifica como de **alto riesgo de extinción** dentro de la Lista Roja de Especies Amenazadas de UICN.

TIBURÓN CAZÓN *(Galeorhinus galeus)*

Nombre inglés: *Liver-oil Shark* o *Miller's Dog*
Orden: Carcharhiniforme
Familia: Triakidae
Longitud máxima: 2 m.
Tipo de reproducción: Ovoviviparismo

EL CAZÓN se puede encontrar en casi todos los mares. En el Atlántico occidental, desde Argentina a Brasil, y en el oriental desde el norte, cerca de Islandia, Noruega, islas Feroe, islas Británicas, hasta el centro y sur, en las aguas de Senegal, Namibia y Sudáfrica. Es propio también del Mediterráneo (muy frecuente verlo en lonjas y mercados de nuestro litoral andaluz), así como del Pacífico occidental (Australia y Nueva Zelanda) y oriental (desde Canadá al sur de Baja California, Perú y Chile). También se encuentra en la zona occidental del océano Índico.

- Es un animal que se mueve en las plataformas continentales e insulares, ocupando un rango de profundidad desde la superficie a los 500 m.
- Hay otras especies a las que también se les llama vulgarmente «cazón» en los puertos españoles, pero para todos el G. *galeus* es «el auténtico».
- Tiene el cuerpo alargado de color gris oscuro en el dorso y blanco en la zona ventral. El hocico es largo y en forma de cono. La boca es grande, está localizada en la parte inferior y los dientes son afilados y agudos. La primera aleta dorsal es triangular y más alta que la segunda, y las pectorales son largas y falciformes. El lóbulo inferior de la aleta caudal es grande y terminado en punta. Sus ojos están protegidos con membrana nictitante.
- Se alimenta de peces (sobre todo pelágicos y de fondo), crustáceos, cefalópodos y equinodermos.
- El período de gestación dura aproximadamente doce meses, y en cada camada nacen de seis a cincuenta crías, según el tamaño de la madre. Al nacer, los recién nacidos miden entre 30 y 36 cm.
- La edad máxima conocida son cincuenta y cinco años.
- Su carne es muy apreciada para el consumo humano tanto fresca como salada. También se utiliza el aceite de su hígado, las aletas, la piel como lija y con los despojos hacen harina. En la Lista Roja de la UICN su estado es de **vulnerable.**

TIBURÓN CEBRA O LEOPARDO *(Stegostoma fasciatum)*

Nombre inglés: *Zebra Shark*
Orden: Orectolobiforme
Familia: Stegostomidae
Longitud máxima: 3,5 m.
Tipo de reproducción: Oviparismo

TIENE AMPLIA DISTRIBUCIÓN por el Pacífico occidental y océano Índico. Se le ve en el Mar Rojo, costas de Sudáfrica, Indonesia, Australia, Samoa y norte de Japón.

- Vive en aguas tropicales y subtropicales costeras poco profundas, en hábitats como marismas, manglares y praderas de fanerógamas marinas en su fase juvenil, y como adultos en arrecifes de coral y zonas rocosas (desde zona intermareal hasta una profundidad de sesenta y cinco metros).
- Es un tiburón inconfundible, con una aleta caudal muy larga, casi tanto como el resto del cuerpo, con una muesca subterminal profunda pero con el lóbulo inferior apenas desarrollado. Las aletas pectorales son grandes y ampliamente redondeadas. Presenta unas crestas en la región dorsal y en los flancos, y todo el cuerpo (excepto la parte ventral) está cubierto por manchas marrones oscuras asimétricas sobre el fondo amarillo cremoso de la piel. Presenta barbillas cortas junto a los orificios nasales y surcos nasorales que los conectan con la boca.
- De hábitos nocturnos, se alimenta de peces óseos, gasterópodos, bivalvos, cangrejos y camarones.
- Su periodicidad reproductiva no se conoce bien. Se sabe de puestas de varias docenas de huevos que aunque carecen de zarcillos, se pegan a diferentes sustratos con filamentos adhesivos. El tamaño al nacer oscila entre los 20 y los 36 cm. En animales de acuario se han visto períodos anuales de puesta de hasta tres meses con entre cuarenta y ochenta huevos por año, llegando a buen fin un veinticinco por ciento.
- Es una especie inofensiva y se puede llegar a interactuar con ellos. Se reproducen y mantienen muy bien en acuarios. Su máxima longevidad se calcula en los diecisiete años, aunque en acuario han llegado a alcanzar los veintiocho.
- Una vez capturados se desembarcan enteros y se aprovechan sus aletas, piel, carne y cartílago. Es una **especie en peligro de extinción** dentro de la Lista Roja de la UICN.

TIBURÓN CORALINO *(Carcharhinus perezii)*

Nombre inglés: *Caribbean Reef Shark*
Orden: Carcharhiniforme
Familia: Carcharhinidae
Longitud máxima: 3 m.
Tipo de reproducción: Viviparismo placentario

HABITA EN el océano Atlántico occidental, desde Florida hasta el sur de Brasil. Es el tiburón más común del Caribe y las Bahamas, pero no se ve en aguas europeas.

- Como su nombre indica, se encuentra alrededor de los arrecifes de coral. Se mueve en aguas superficiales cerca de la orilla y en los fondos próximos al arrecife de coral hasta los treinta metros de profundidad.
- Es un rápido nadador, pero a veces se le observa descansando durante el día. En inmersión es difícil distinguirlo de otros tiburones de la misma familia.
- Tiene el cuerpo robusto y el morro redondeado y corto. La primera aleta dorsal es relativamente pequeña y crece detrás de las pectorales. Las puntas de todas las aletas son de color negruzco menos la primera dorsal y la parte superior de la caudal. Los ojos cuentan con una membrana nictitante bien desarrollada, y los dientes están finamente aserrados.
- Se alimenta de una gran variedad de especies del arrecife: peces óseos, elasmobranquios como las rayas, cefalópodos y otros invertebrados de gran tamaño.
- Las hembras paren de cuatro a seis crías que miden unos 70 cm.
- Aunque por lo general se muestra tímido ante la presencia de los submarinistas, puede volverse agresivo si hay cebo en el agua.
- Su carne se prepara seca y salada para el consumo humano, su piel es demandada en las curtidurías y del hígado se extrae aceite. El tiburón coralino está clasificado como **casi amenazado** en la Lista Roja de la UICN, principalmente por las capturas accidentales y la demanda de su carne y aletas.

TIBURÓN GALAPAGUEÑO *(Carcharhinus galapagensis)*

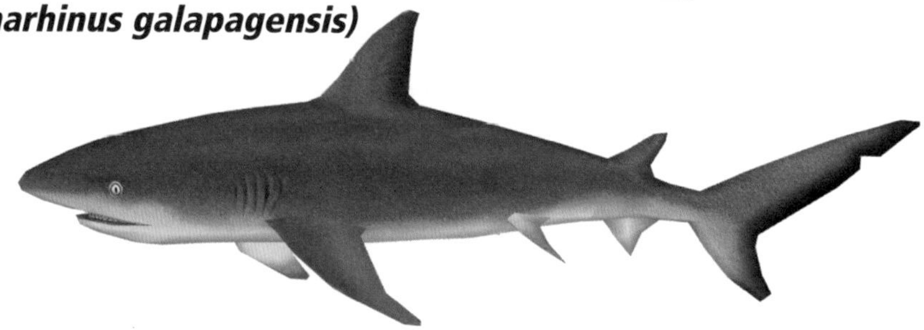

Nombre inglés: *Galapagos Shark*
Orden: Carcharhiniforme
Familia: Carcharhinidae
Longitud máxima: 3,7 m.
Tipo de reproducción: Viviparismo

ESTA ESPECIE prefiere las aguas tropicales que rodean las islas oceánicas. Se encuentra en el Atlántico oriental incluyendo las Piedras de San Pablo; en el océano Índico occidental, en el arrecife de Walter, al sur de Madagascar; en el Pacífico occidental, en Middleton y Elizabeth; en el Pacífico oriental, desde Baja California a Perú, incluyendo el litoral de Colombia, Galápagos, isla del Coco, Hawái y Polinesia francesa, entre otras islas.

- Prefiere las aguas claras cercanas a la costa, con fondos rocosos o coralinos, terrenos accidentados y preferiblemente con corriente. Se mueve entre los treinta y los ciento ochenta metros de profundidad. Aunque es una especie pelágica costera, puede cruzar distancias en océano abierto de hasta cincuenta kilómetros.
- En superficie suele formar agregaciones de individuos.
- Es un animal agresivo y rápido pero casi no existen encontronazos con buceadores.
- El color del dorso va desde gris oscuro a gris pardo con tonalidades verdosas, y el vientre es claro o ligeramente amarillento. La primera aleta dorsal es grande y ligeramente puntiaguda mientras que las aletas pectorales, también grandes, tienen la base ancha y la punta fina con manchas oscuras en su cara inferior. Tiene el morro largo y redondeado, boca con dientes aserrados, más largos en la mandíbula superior y más finos en la inferior, y el iris de sus ojos es de color gris.
- Es una especie que tiende a alimentarse cerca del fondo, principalmente de peces demersales, cefalópodos y crustáceos.
- Tras la fecundación interna nacen entre seis y dieciséis crías por camada, con un tamaño entre 60 y 80 cm.
- La mayor edad reportada de un individuo es de veinticuatro años.
- La mayor amenaza con la que se encuentra esta especie son las actividades de pesca alrededor de las islas y la pesca con palangre. En Colombia, Costa Rica y las Islas Galápagos, es una especie protegida y aunque no se tienen muchos datos sobre sus poblaciones, la UICN le atribuye un **grado de conservación cerca de la amenaza.**

TIBURÓN GRIS DE ARRECIFE *(Carcharhinus amblyrhynchos)*

Nombre inglés: *Grey Reef Shark*
Orden: Carcharhiniforme
Familia: Carcharhinidae
Longitud máxima: 2,5 m.
Tipo de reproducción: Viviparismo

ES COMÚN en el Pacífico central y hacia el oeste en el océano Índico oriental. Hawái, costa norte de Australia, Indonesia y todo el Indo-Pacífico tropical. Se le puede encontrar desde el Mar Rojo y Madagascar, a Seychelles e Isla Reunión, entre otros.

- Prefiere las aguas cálidas, poco profundas y cercanas a los arrecifes de coral, atolones, bahías y estuarios, aunque desciende hasta los 280 metros.
- Se le ve a menudo por los canales de arrecife, sobre todo en zonas de corriente, formando grupos de hasta cien individuos.
- Como da a entender su nombre, es de color gris, con la zona ventral blanca. Excepto la aleta dorsal, el resto son de tonalidad más oscura que el cuerpo y la aleta caudal presenta una prominente banda negra en el borde posterior. Algunos ejemplares del Mar Rojo y el océano Índico tienen un borde blanco en la aleta dorsal. Tiene los ojos grandes, el hocico largo y redondeado y los dientes triangulares y aserrados.
- Su dieta incluye peces teleósteos (morenas, agujas, cirujanos y mariposas), cefalópodos y crustáceos, principalmente. Pueden formar grupos para llevar a cabo una caza más eficiente, acorralando en manada bancos de peces contra el arrecife.
- Su período de gestación de unos doce meses, con camadas de una a seis crías. Las hembras se reproducen cada dos años.
- Es territorial y muy curioso. Se mueve a gran velocidad y el buceador debe estar atento a su comunicación corporal porque rápidamente puede adoptar una postura intimidatoria arqueando la espalda y bajando las aletas pectorales, mientras parece que su forma de nadar es «inefectiva».
- Su hábitat restringido de distribución costera y el pequeño tamaño de su camada junto a la presión pesquera que sufren, hacen que sea una **especie que puede estar amenazada**, según la Lista Roja de la UICN.

TIBURÓN GUITARRA *(Rhynchobatus australiae)*

Nombre inglés: *Giant Guitarfish Shark*
Orden: Rajiforme
Familia: Rhinobatidae
Longitud máxima: 3 m.
Tipo de reproducción: Oviparismo

SE DISTRIBUYE por mares tropicales y templados. Puede encontrarse en el sudeste de Asia y Australia, desde Tailandia, Taiwán, Filipinas e Indonesia hasta las zonas subtropicales australianas. El guitarra gigante es la única especie que también se localiza en el Pacífico occidental y en el Índico. Una especie muy semejante se da en el Mar Rojo.

- Es un animal demersal que habita las aguas costeras de las plataformas continentales, con preferencia por los fondos arenosos y cercanos a arrecifes de coral. Suele vivir por encima de los sesenta metros de profundidad, pero puede alcanzar los trescientos setenta.
- Es una especie migratoria.
- Su aspecto físico es muy característico. Tiene la cabeza grande, deprimida, con el hocico triangular. Las aletas pectorales aparecen fusionadas con el cuerpo y la primera dorsal se origina sobre las pélvicas. La cola, sin embargo, recuerda a la de cualquier tiburón. Su coloración es parda por el dorso y más clara en la zona ventral con manchas pectorales blancas rodeando una negra y una línea de puntos blancos a lo largo de la mitad del cuerpo. Los espiráculos son grandes y están localizados detrás de los ojos, en la parte superior del cuerpo. La boca, pequeña y con dientes aplanados, como si fuera un pavimento, está en la parte ventral, así como las agallas.
- Se alimenta de invertebrados, crustáceos, moluscos y peces pequeños que habitan los fondos arenosos.
- Se reproduce anualmente y la hembra puede tener entre cinco y dieciséis crías (puede llegar a veinticinco) por camada, que al nacer miden unos 15 cm de longitud.
- Se les considera inofensivos.
- Suelen caer víctimas de las redes de arrastre y su comercialización se efectúa por su carne (que se consume fresca) y por las aletas, consideradas como unas de las más valiosas del mercado.
- No existen medidas de defensa para esta especie en ningún Estado de su área de distribución y se define como **vulnerable** dentro de la Lista Roja de UICN.

TIBURÓN LIMÓN *(Negaprion brevirostris)*

Nombre inglés: *Lemon Shark*
Orden: Carcharhiniforme
Familia: Carcharhinidae
Longitud máxima: 3,4 m.
Tipo de reproducción: Viviparismo

SE ENCUENTRA habitualmente en mares tropicales y subtropicales, tanto en el océano Atlántico como en el Pacífico: Senegal, Costa de Marfil, costas de América del norte y del sur, Golfo de México, Bahamas, Brasil, Ecuador y alrededor de las islas del Pacífico.

- Su hábitat preferido son las plataformas continentales e insulares, zona de manglares, áreas de coral, muelles, fondos de arena y desembocaduras de ríos, normalmente a profundidad no superior a los 90 metros. Es capaz de soportar diferentes niveles de salinidad.
- Su torso es de color pardo con matices de color amarillo a oliva, lo que le da el nombre común. Es un animal grande y robusto, con la cabeza aplanada y un hocico corto y ancho. Los dientes son lisos y triangulares. Es fácil diferenciarlo de otras especies porque tiene dos aletas dorsales, siendo la posterior un poco más pequeña que la anterior.
- Presenta una clara y eficaz visión gracias a la banda horizontal que tiene en el centro de la retina, lo que le permite discernir los colores.
- Es de hábitos más bien nocturnos, y se alimenta principalmente de peces, crustáceos y moluscos.
- Pasados entre diez o doce meses del apareamiento tienen una camada de hasta diecisiete crías, con un tamaño medio de unos 60 centímetros. Los jóvenes tiburones permanecen en la zona de cría varios años antes de dirigirse a aguas más profundas.
- La vida más larga registrada en cautiverio ha sido de veinticinco años,
- Suelen ser animales solitarios pero pueden formar grupos de hasta veinte individuos segregados por edad y sexo.
- Su carne y aletas se utilizan para consumo humano tanto fresca como salada, y con los restos hacen harina. También es muy apreciada su piel y el aceite del hígado. De acuerdo a los datos aportados tanto de pesca comercial y deportiva y por la degradación del hábitat, la UICN clasifica a la especie como **casi amenazada**.

TIBURÓN *LONGIMANUS* O PUNTAS BLANCAS OCEÁNICO *(Carcharhinus longimanus)*

Nombre inglés: *Oceanic Whitetip Shark*
Orden: Carcharhiniforme
Familia: Carcharhinidae
Longitud máxima: 4 m.
Tipo de reproducción: Viviparismo

ESPECIE OCEÁNICA MIGRATORIA que hace años era de amplia distribución tanto en aguas templadas como tropicales y subtropicales con temperaturas entre dieciocho y veintiocho grados centígrados. Se mueve entre la superficie y los doscientos metros —en general lejos de la costa—, entre aproximadamente 30° N y 35° S en todos los océanos. También es posible encontrarlo alrededor de islas oceánicas y áreas de plataforma continental estrecha.

- Es un tiburón de movimientos lentos pero bastante activo, tanto de día como de noche. Frecuentemente se le ve acompañado de rémoras, peces piloto y tortugas.
- Su característica más particular son las largas aletas pectorales y dorsal, todas ellas terminadas de forma redondeada y en color blanco. También sus aletas pélvicas y caudal presentan las puntas blancas. Es un animal robusto, de morro redondeado y con ojos circulares con membrana nictitante. Los dientes son diferentes según la mandíbula: los de la superior son anchos, triangulares y dentados, mientras que los de la inferior son más puntiagudos y solo dentados cerca de la punta. Su dorso puede ser de color bronce, café, azulado o gris y el vientre siempre blanco.
- Se alimenta de peces óseos (incluidos atunes, barracudas, marlines…), rayas, tortugas marinas, aves marinas, cefalópodos, gasterópodos, carroña de mamíferos y basura.
- Después de una gestación de unos diez o doce meses presentan una camada de entre una y quince crías que miden unos 60 centímetros al nacer.
- Se le culpa de muchos ataques a humanos en mar abierto como consecuencia de desastres aéreos o marítimos.
- Se consume su carne fresca, ahumada y en salazón, y se usa también para hacer harina de pescado. Su piel es valorada por los curtidores, y se comercializan sus aletas para sopa y su hígado por el aceite.
- Hasta no hace mucho era considerada una de las tres especies de tiburones oceánicos más abundantes, junto a *Carcharhinus falciformis* y *Prionace glauca*, pero en la actualidad es una especie que solo se ve ocasionalmente y que está considerada como **vulnerable** en la Lista Roja de Especies Amenazadas.

TIBURÓN MAKO o MARRAJO *(Isurus oxyrinchus)*

Nombre inglés: *Shortfin Mako Shark*
Orden: Carcharhiniforme
Familia: Lamnidae
Longitud máxima: 4 m.
Tipo de reproducción: Ovoviviparismo

SE ENCUENTRA tanto por aguas templadas como tropicales y subtropicales: océano Pacífico oeste, oriental y central; Atlántico tanto occidental como oriental; Índico, mar Mediterráneo y Mar Rojo. También se encuentra en Australia y Nueva Zelanda.

- Es una especie oceánica que se mueve entre la superficie y los quinientos metros de profundidad. Puede verse ocasionalmente cerca de la costa donde la plataforma continental es estrecha, pero raramente si la temperatura del mar baja de los 16° C.
- Probablemente sea el tiburón más rápido y activo. Puede llegar a superar los 120km/h de velocidad gracias a su forma aerodinámica, a su potente musculatura y a la forma de su aleta caudal. Además, su sistema circulatorio es endotérmico, lo que significa que genera calor para mantener la temperatura de músculos y vísceras por encima del medio en que se mueve, lo que le permite un mayor nivel de actividad.
- Su hocico es largo y muy puntiagudo y tiene la boca en forma de «U» invertida con los dientes asomando curvos y de borde liso. La primera aleta dorsal es grande en comparación con la segunda, pero más pequeña que en el resto de los tiburones. Este aerodinámico tiburón se identifica por una única quilla a cada lado del pedúnculo caudal (como los peces cirujanos) y una cola en forma de luna creciente. Las aletas pectorales son largas y angostas.
- Su dieta consiste principalmente en peces teleósteos (incluyendo caballas, atunes anchoas, arenques, bacalao, lubinas, pez espada…). También puede incluir en su alimentación cefalópodos, delfines, tortugas marinas y salpas.
- Parece que el período de gestación va entre quince y dieciocho meses, con un ciclo reproductivo de tres años. El tamaño de la camada podría estar entre cuatro y dieciséis crías, teniendo en cuenta que estas son caníbales intrauterinos (oofagia), con un tamaño aproximado de 60 o 70 centímetros.
- Su longevidad se estima sobre los veintinueve años.
- Es una de las especies de tiburón cuya carne se considera de mayor calidad y se consume tanto fresca como ahumada y salada. También es muy apreciado el aceite de su hígado, sus aletas y su piel. Las mandíbulas y dientes se valoran como ornamento y decoración. Además son objetivo de pesca deportiva en Nueva Zelanda, Sudáfrica y California.
- Existen pesquerías de marrajo en el Atlántico oriental, mar Mediterráneo, costa de Cuba, Golfo de México y Caribe, sur de California, y en el Pacífico occidental, central e Indo-Pacífico. Según datos de la UICN, hasta 2009 la pesca del marrajo aportaba entre un 9,5-10 por ciento de la caza de tiburones pelágicos por las flotas palangreras españolas en el Atlántico y el Pacífico. Está entre las **especies vulnerables** según la Lista Roja de Especies Amenazadas.

TIBURÓN MARTILLO o CORNUDA COMÚN *(Sphyrna lewini)*

Nombre inglés: *Scalloped Hammerhead Shark*
Orden: Carcharhiniforme
Familia: Sphyrnidae
Longitud máxima: 4.2 m.
Tipo de reproducción: Viviparismo

Es una especie circumglobal, se encuentra en océanos tropicales y aguas templadas. Habita en el Atlántico oriental (desde el mar Mediterráneo hasta Namibia) y occidental (desde Nueva Jersey al sur de Brasil, Golfo de México y mar Caribe), y en el Índico y Pacífico central y oriental (Sudáfrica, Mar Rojo, Japón, Nueva Caledonia, Hawái, Tahití y costas de Australia). El mejor lugar para verlos es la isla del Coco (Costa Rica). Se concentran para aparearse en el Mar de Cortés y en las Islas Revillagigedo, en México.

- Se les ve sobre todo en aguas cercanas a la costa, especialmente en torno a montañas submarinas e islas oceánicas, entre la superficie y los 275 metros de profundidad.
- Tienen la cabeza anchamente arqueada y con forma de martillo, marcada por una identificación prominente en la línea media. Se cree que las funciones de esta forma de la cabeza son:

    1. Proporcionar fuerza de sustentación durante la natación, aumentando la eficiencia hidrodinámica, y facilitar el giro lateral.
    2. Alojar los sistemas sensoriales: ampollas de Lorenzini y múltiples ramas de la línea lateral.
    3. Ensanchar el campo de recepción olfativa, al tener las narinas más separadas que los tiburones fusiformes.
    4. Dotarles de una visión casi estereoscópica al separar los ojos, que se sitúan en los extremos del martillo.
    5. Uso como extremidad para inmovilizar a sus presas.

- La coloración es gris pardusca tirando a bronce o aceitunada, con la parte ventral amarillo pálido o blanca. Los jóvenes tienen las aletas pectorales oscuras y en los adultos solo aparece esa parte oscura en las puntas. La boca es arqueada, con dientes pequeños con cúspides lisas o ligeramente dentadas. Los dientes inferiores son más rectos y delgados que los de la mandíbula superior.
- Se alimentan principalmente de peces óseos, otros tiburones, rayas, calamares, crustáceos y pulpos.
- Es el único de los martillos que se agrupa en formaciones de cientos de individuos cerca de las islas oceánicas, hembras en su mayoría, en proporción de hasta seis a uno. Aparentemente se reúnen para atraer a los posibles machos solitarios y garantizar el buen término de los encuentros.
- Después de un período de gestación de nueve o diez meses, tienen una camada de entre doce y treinta y cinco crías con un tamaño medio de 38 centímetros.
- Se considera una especie potencialmente peligrosa para el ser humano.
- Su carne se vende fresca, seca y ahumada. También son muy apreciadas sus aletas y la piel. El resto del animal se utiliza frecuentemente para harina de pescado. Se encuentra como especie **en peligro de extinción** según la Lista Roja de Especies Amenazadas de UICN.

TIBURÓN MARTILLO GIGANTE *(Sphyrna mokarran)*

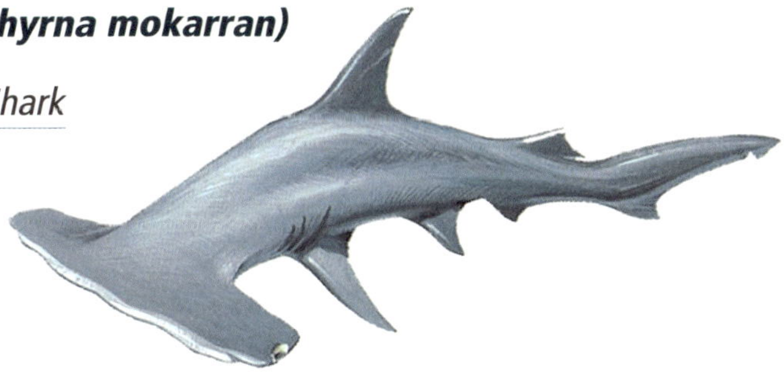

Nombre inglés: *Great Hammerhead Shark*
Orden: Carcharhiniforme
Familia: Sphyrnidae
Longitud máxima: 6 m.
Tipo de reproducción: Viviparismo

TIENE PRESENCIA generalizada en el océano Índico sur-oeste, costa de KwaZulu-Natal, Sudáfrica; Florida, Bahamas, Mar de la China y Belice. Es una especie nómada y migratoria. Algunas poblaciones llegan a desplazarse hacia los polos en verano.

- Viven en los mares tropicales, sobre todo en la plataforma continental, y se mueven desde zonas poco profundas hasta los doscientos ochenta metros, cerca de la costa, en bahías y estuarios.
- Es la especie más grande de la Familia. La característica que más les identifica es la forma de «T» de su cabeza, prolongada hacia los lados y con los ojos y los orificios nasales en cada uno de los extremos. La forma de la cabeza y la localización de los ojos les proporciona un ángulo de visión de 360º. Poseen membrana nictitante. Los dientes son triangulares y fuertes.
- No se sabe por qué la evolución ha ido dando esa forma a su cabeza. Algunas líneas de investigación creen que les proporciona una ventaja sensorial mientras que otras se decantan por una ayuda en la flotabilidad, como hemos dicho respecto al Sphyrna lewini.
- Tiene la aleta dorsal muy alta, con forma de hoz, y las pectorales detrás de las branquias. Las pélvicas tienen también forma de hoz y la caudal tiene las puntas negras.
- El dorso es de color gris o café, y la parte ventral blanca.
- Se alimentan sobre todo por la noche y su dieta se basa en otros tiburones, peces óseos, crustáceos y cefalópodos, aunque sus presas favoritas son las rayas.
- Se reproducen cada dos años, y el período de gestación es de unos once meses, pudiendo prolongarse hasta los dieciséis. Las camadas son de entre seis y cuarenta y dos crías, que al nacer miden de 50 a 60 centímetros. Paren a finales de la primavera y verano en el hemisferio norte, y entre diciembre y enero frente a Australia.
- Los especímenes grandes y solitarios son evitados por otros tiburones.
- Aunque habitualmente no es agresivo, conviene tenerle respeto porque se puede acercar mucho a los buceadores.
- Según la Lista Roja de la UICN es una especie **en peligro de extinción.**

TIBURÓN NODRIZA *(Ginglymostoma cirratum)*

Nombre inglés: *Nurse Shark*
Orden: Orectolobiforme
Familia: Ginglimostomatidae
Longitud máxima: 3,2 m.
Tipo de reproducción: Ovoviviparismo

R**ESIDE EN AGUAS COSTERAS** del Pacífico (Baja California, América central, golfo de California y parte de América del sur, México y Perú) y el Atlántico occidental (Estados Unidos, Belice, Cuba, Bahamas, República Dominicana, Antillas, Puerto Rico y América del sur. En el Atlántico oriental se puede encontrar en África y Cabo Verde, en el Estrecho de Gibraltar y en el golfo de Vizcaya.

- Es común en arrecifes litorales en aguas tropicales. Durante el día, los juveniles se encuentran entre la superficie y los cuatro metros, mientras que los adultos se mueven a mayor profundidad (hasta 20 m.).
- No es una especie migratoria, es nectobentónica y muy territorial.
- La coloración es uniforme, parda, amarillenta y gris pardusca. Sus aletas son grandes y redondeadas y tiene una cola heterocerca muy larga, de hasta un cuarto de la longitud total del cuerpo. Presenta barbillones bien visibles junto a las narinas, por delante de su pequeña boca. Su dentición es independiente, no hay superposición entre los dientes, que presentan varias cúspides. Cuentan con cinco hendiduras branquiales entre la cabeza y la primera aleta dorsal, pero la quinta se superpone a la cuarta. Entre los ojos y las branquias presenta una hendidura branquial vestigial en forma de espiráculo que le ayuda a absorber el oxígeno del agua mientras el animal está parado.
- Se alimenta a base de invertebrados nectobentónicos (cefalópodos, gasterópodos, bivalvos, erizos de mar y crustáceos) y peces (a veces caza pastinacas). Excava bajo los escombros de coral en busca de presas ocultas y las atrapa succionando. Suele cazar por la noche, acechando y emboscando a su presa.
  Se cree que el apelativo de nodriza se debe al ruido que hace cuando se alimenta, ya que recuerda al sonido de un bebé cuando está mamando.
- Es muy frecuente en acuarios, se adapta fácilmente a la cautividad.
- La reproducción de la especie se da cada dos años, el celo suele durar de dos a cuatro semanas entre los meses de junio y julio. La gestación dura entre cinco y seis meses y la camada final suele ser de paternidad múltiple. La camada varía entre veinte y treinta crías que al nacer llegan a medir 30 centímetros de largo.
- El tiburón nodriza más longevo en libertad tenía veinticinco años.
- La UICN declara que es una especie de la que no cuenta con suficiente información, aunque se sabe de su vulnerabilidad en las costas de América del sur, central y en el Caribe, donde se considera una **especie casi amenazada.**

TIBURÓN PUNTAS BLANCAS DE ARRECIFE *(Triaenodon obesus)*

Nombre inglés: *Whitetip Shark*
Orden: Carcharhiniforme
Familia: Carcharhinidae
Longitud máxima: 2,1 m.
Tipo de reproducción: Viviparismo placentario

SE ENCUENTRA en el Mar Rojo, océano Índico, Pacífico central (sur de Filipinas, Australia, Nueva Guinea, Polinesia, Melanesia y Micronesia) y Pacífico oriental tropical (islas del Coco, Galápagos, Revillagigedo, Panamá y Costa Rica).

- Prefiere los océanos tropicales con aguas templadas y claras. Habita casi exclusivamente en arrecifes de coral y entre ocho y cuarenta metros de profundidad.
- Tiene una forma de nadar ondulante y sinuosa que le permite desplazarse con facilidad entre los corales.
- Es un tiburón pequeño con el cuerpo alargado y flexible. La cabeza es corta y ancha, en forma de cuña, lo que le permite entrar en cualquier recoveco gracias a un hocico prominente que presenta unos apéndices delante de los orificios nasales, enrollados en forma de tubo. El color es gris y con manchas blancas en aletas dorsal y caudal. Las puntas de la primera aleta dorsal y del lóbulo superior de la caudal (también a veces las de la segunda dorsal y del lóbulo inferior de la caudal) son muy blancas. Tiene los ojos pequeños, ovalados, con pupilas verticales y membrana nictitante, y los dientes con tres cúspides: una grande, triangular, en el centro y a cada lado otra más pequeña.
- Es un animal nocturno que pasa la mayor parte del día en cuevas, grietas de arrecife o descansando sobre la arena, solo o en grupo.
- La especie se alimenta de peces óseos, pulpos, langostas y cangrejos. Cazan por la noche y llegan a romper trozos de coral para alcanzar mejor a sus presas.
- Tras un período de gestación de unos cinco meses, nacen entre una y cinco crías por camada con una longitud de 50 a 60 centímetros.
- Se cree que el tiburón puntas blancas de arrecife vive un máximo de veinticinco años.
- Aunque la carne de esta especie se utiliza a veces como alimento, no suelen ser objetivo de pesquerías. Hay informes de que sus tejidos, sobre todo el hígado, puede ser tóxico. Sin embargo, su baja tasa de reproducción hace que la UICN considere a la especie como vulnerable a la sobrepesca, aunque la califica de riesgo bajo o **no amenazada.**

TIBURÓN PUNTAS NEGRAS DE ARRECIFE *(Carcharhinus melanopterus)*

Nombre inglés: *Blacktip Reef Shark*
Orden: Carcharhiniforme
Familia: Carcharhinidae
Longitud máxima: 1,8 m.
Tipo de reproducción: Viviparismo

ESPECIE TROPICAL común en el Pacífico occidental y central, desde Tailandia a China, Japón, Filipinas y norte de Australia. También se ve en las costas de Sudáfrica, Mauricio, Seychelles, Madagascar, Mar Rojo, Maldivas, India, Sri Lanka y Andamán, y en la parte oriental del mar Mediterráneo.

- Es un tiburón que se localiza en aguas poco profundas y cerca de los arrecifes de coral.
- Tiene la figura típica de tiburón con hocico corto, ancho, redondeado y con los dientes estrechos y aserrados. Su coloración es grisácea por encima y blanca por debajo, con una banda blanca que se aprecia en los costados y que se extiende hacia delante y por encima de la aleta anal. Tanto la aleta dorsal como el lóbulo inferior de la caudal principalmente, y la aleta pelviana y la anal ventral presentan puntas y bordes negros. Las aletas pectorales son grandes y en forma de hoz.
- Su objetivo principal de alimentación son los peces teleósteos, aunque también capture crustáceos, cefalópodos y otros moluscos.
- Suelen tener una camada pequeña, entre dos y cuatro crías, que al nacer miden entre 30 y 50 centímetros Los investigadores no se ponen de acuerdo en el plazo de gestación (entre ocho y dieciséis meses), ni en el período de celo (probablemente cada dos años).
- Es un tiburón tímido y asustadizo que rara vez supone un peligro para los buceadores. Sin embargo, hay que tener cuidado cuando se nada en aguas poco profundas porque pueden morder pies y piernas por error.
- Esta especie es objetivo habitual de pesca de bajura, ya que es apreciada su carne seca y en salazón y también el aceite de su hígado. Por el momento **no se considera que esté en peligro de extinción,** pero el pequeño tamaño de sus camadas y los largos períodos de gestación hacen que se la considere, al menos, **vulnerable.**

TIBURÓN PUNTAS NEGRAS OCEÁNICO *(Carcharhinus limbatus)*

Nombre inglés: *Blacktip Shark*
Orden: Carcharhiniforme
Familia: Carcharhinidae
Longitud máxima: 2,75 m.
Tipo de reproducción: Viviparismo

HABITA en el Atlántico occidental: Nueva Escocia, Canadá y Brasil, y en el oriental: de Senegal a la República Democrática del Congo, Madeira, Canarias y el Mediterráneo. También se encuentra en el Indo-Pacífico: Golfo Pérsico, Mar Rojo, Madagascar y Sudáfrica, China, Australia, Tahití y Hawái, y en el Pacífico: Baja California, costa de México a Perú, incluidas las islas Galápagos.

- Está muy extendido en aguas templadas, subtropicales y tropicales. Es una especie continental, aunque también se encuentra alrededor de islas oceánicas, aguas costeras, arrecifes de coral, desembocaduras de ríos, bahías, manglares y estuarios. Su rango de profundidad es de hasta cien metros, aunque generalmente están por encima de los treinta.
- Su cuerpo es alargado, no muy voluminoso, con cabeza puntiaguda y ojos grandes. Sus dientes son moderadamente largos, rectos y aserrados. El color es gris oscuro o azulado en la parte dorsal y blanco en el vientre. Su nombre viene de las puntas negras que se aprecian en las aletas dorsales, pectorales y el lóbulo inferior de la aleta caudal. La primera aleta dorsal presenta también una pequeña punta trasera libre.
- El tiburón puntas negras se alimenta principalmente de peces pequeños (arenques, sardinas, salmonetes y anchoas), aunque también pueden entrar en su dieta otros peces óseos, elasmobranquios y tiburones más pequeños. Es fácil verlos siguiendo barcos pesqueros para aprovechar las capturas accidentales descartadas.
- El ciclo reproductivo se da cada dos años y tras una gestación de diez o doce meses. La camada es de cuatro a once crías que miden entre 38 y 60 centímetros. Los primeros años de su vida las crías permanecen en zonas cercanas a la costa.
- Su carne se consume principalmente a nivel local, y las aletas se secan y envían a Oriente. También hay zonas donde se utiliza su piel y el aceite de su hígado. En la Lista Roja de UICN se reconoce como especie **casi amenazada** de extinción.

TIBURÓN PUNTAS PLATEADAS *(Carcharhinus albimarginatus)*

Nombre inglés: *Silvertip Shark*
Orden: Carcharhiniforme
Familia: Carcharhinidae
Longitud máxima: 3 m.
Tipo de reproducción: Viviparismo

LA ESPECIE se distribuye ampliamente por los océanos Índico, Pacífico occidental (Mar Rojo, Sudáfrica, Madagascar, Seychelles, Mauricio, Japón, norte de Australia, Filipinas, Indonesia, Palaos, islas Salomón, Marshall...) y oriental (Baja California, Colombia, isla del Coco, Galápagos y Revillagigedo). No está confirmada su presencia en el Atlántico.

- Es un animal pelágico que se encuentra en torno a las islas costeras y asociado a los arrecifes de coral. Se mueve entre la superficie y los ochocientos metros de profundidad. Los ejemplares juveniles prefieren las aguas más someras para evitar la depredación.
- Su cuerpo es estilizado y tiene forma hidrodinámica, con el hocico largo y redondeado. Los dientes de la mandíbula superior son anchos y dentados, de cúspides altas y triangulares, mientras que las cúspides dentadas de la inferior son rectas y anchas. Los ojos son grandes, redondos y con *tapettum lucidum* (estructura que permite ver más fácilmente en la oscuridad). Cuenta con dos aletas dorsales, la primera mayor y más puntiaguda, aletas pectorales angulares y una caudal asimétrica, con un gran lóbulo superior. El color del cuerpo es gris oscuro o marrón grisáceo por el dorso y blanco por el vientre. Es semejante al tiburón gris, aunque se diferencia bastante bien por los márgenes blancos en sus aletas.
- Su dieta se compone de peces demersales de tamaño mediano, rayas, cefalópodos, pequeños tiburones y crustáceos.
- Las hembras paren entre una y once crías que llegan a medir entre 55 y 80 centímetros, tras un período de gestación de doce meses.
- No hay datos específicos sobre la longevidad de esta especie, pero se cree que puede rondar los veinticinco años.
- Es un tiburón agresivo y potencialmente peligroso si se bucea con cebo suelto, porque es muy competitivo a la hora de conseguir alimento. Es fácil notar si tiene intención de atacar por su comportamiento agonístico.
- Es apreciado por sus aletas, carne (fresca o en salazón), dientes, piel y cartílago. Aunque no hay datos suficientes, están catalogados como **casi amenazados** por la UICN.

TIBURÓN *RAGGIE (Carcharias taurus)*

Nombre inglés: *Sand Tiger Shark*
Orden: Lamniforme
Familia: Odontaspididae
Longitud máxima: 5 m. (tamaño medio 3,5 m.)
Tipo de reproducción: Ovoviviparismo

SE PUEDE ENCONTRAR en el Atlántico occidental, alrededor del golfo de Maine, Florida, Golfo de México, Bahamas y Bermudas, Brasil y Argentina. En el Atlántico oriental, desde el Mediterráneo a las islas Canarias, Cabo Verde y a lo largo de las costas de Senegal y Ghana, Nigeria y Camerún. También se ve en el mar Rojo, en los océanos Índico y Pacífico occidental, alrededor de las costas de China, Japón y Australia. Es típico ir a verlos en la costa de Durban (Sudáfrica), en Nueva Gales del Sur y alrededor de barcos hundido en la costa de Carolina del Norte (Estados Unidos).

- Habita tanto aguas templadas como tropicales, habitualmente cerca de arrecifes, en zonas rocosas o en bahías poco profundas. Aunque baja a doscientos metros de profundidad, lo habitual es encontrarlo en un rango entre los quince y los sesenta metros.
- Se sabe que tragan aire y lo almacenan en su estómago para mantener una flotabilidad neutra sobre todo cuando nadan lentamente entre dos aguas. Suelen ser solitarios, aunque se les puede ver en pequeños grupos. Son migratorios, sobre todo las poblaciones de Sudáfrica y Australia.
- Se desplaza muy lentamente y normalmente con la boca abierta, es el tiburón de los acuarios por excelencia.
- Es de color marrón, más oscuro en la parte superior, con pintas rojizas o parduscas en los jóvenes. El cuerpo es robusto, con dos grandes aletas dorsales casi del mismo tamaño que la anal y cola heterocerca (lóbulo superior más largo que el inferior) y sin quilla. El hocico es corto, aplanado y puntiagudo. En las mandíbulas los dientes afilados se alinean en tres hileras funcionales muy llamativas que sobresalen aun cuando la boca está cerrada. Sus ojos son pequeños, sin membrana nictitante.
- De hábitos nocturnos, se alimenta a base de peces óseos, pequeños tiburones, rayas, calamares, cangrejos y langostas.
- El período de gestación está entre seis y nueve meses. Presenta canibalismo intrauterino, de modo que solo nacen dos crías, bien desarrolladas (hasta un metro), una por cada cámara uterina.
- Por su forma y su sobresaliente dentadura se le consideran un animal extremadamente peligroso y agresivo, pero no lo es en absoluto. Los únicos ataques registrados se asocian a pescadores submarinos que llevaban las capturas colgando de la cintura.
- Se calcula que viven unos treinta y cinco años, que se reducen a dieciséis en el caso de individuos en cautiverio.
- Su carne se consume fresca, ahumada y seca, o en harina de pescado. También se aprovecha el aceite de su hígado, las aletas y la piel.
- Está calificada como **especie vulnerable** en alto riesgo de extinción en la Lista Roja de Especies Amenazadas de la UICM.

TIBURÓN SEDOSO *(Carcharhinus falciformis)*

Nombre inglés: *Silky Shark*
Orden: Carcharhiniforme
Familia: Carcharhinidae
Longitud máxima: 3,5 m.
Tipo de reproducción: Viviparismo

ESPECIE CIRCUMTROPICAL de aguas cálidas (alrededor de 23° C) que se puede encontrar en el Atlántico tanto occidental (EEUU, Brasil, Golfo de México y Mar Caribe) como oriental (España, Madeira y Angola y Cabo Verde). También está en el océano Indo-Pacífico, Mar Rojo, y Pacífico oriental y occidental.

- Aunque es un animal pelágico que habita en profundidades de hasta cuatro mil metros, es frecuente encontrarlo cerca de los bordes de las plataformas continentales y en arrecifes, entre los diez y veinticinco metros.
- Esta especie presenta segregación sexual, para viajar forma grupos del mismo sexo y tamaño.
- Es un tiburón de movimientos rápidos y bastante agresivo. A menudo asociado a grandes bancos de atún.
- Es de color gris oscuro con reflejos de color bronce en el dorso, blanco en el vientre y con las puntas de las aletas dorsales más oscuras que el resto del cuerpo. Es grande y delgado, con un hocico moderadamente largo, plano y redondeado. Tiene los ojos grandes y las mandíbulas pequeñas. Los dientes superiores son triangulares y oblicuos, y los de la mandíbula inferior rectos y con los bordes lisos.
- Se alimenta principalmente de peces y también de calamares y crustáceos pelágicos.
- El período de fecundidad varía entre uno o dos años, según la edad de las hembras, y el de gestación dura entre nueve y doce meses. Las camadas pueden ser de dos a quince crías, con un tamaño entre 55 y 80 centímetros de longitud.
- El espécimen de mayor edad que se ha encontrado ha sido de veinticinco años.
- Después de *Prionace glauca*, es la segunda especie de tiburón más capturada a nivel mundial por su carne, aletas, piel e hígado.
- La tendencia de la población mundial ponderada estima un descenso del 47-54 por ciento en tres generaciones. El nivel estimado de disminución y las incertidumbres en datos hacen que sea una **especie en estado vulnerable,** dentro de la Lista Roja de la UICN.

TIBURÓN TIGRE *(Galeocerdo cuvier)*

Nombre inglés: *Tiger Shark*
Orden: Carcharhiniforme
Familia: Carcharhinidae
Longitud máxima: 5,5 m.
Tipo de reproducción: Ovoviviparismo

HABITA el Atlántico occidental, México, Bermudas y las islas del Caribe; costa occidental de África desde Marruecos a Angola; Indo-Pacífico, desde el Mar Rojo a Sudáfrica y hacia el este por las islas de Oceanía y Nueva Zelanda; en el Pacífico oriental desde el sur de California, Bahamas, Galápagos, Revillagigedo y Perú.

- Es común en mares templados tropicales y cálidos, desde aguas poco profundas hasta los trescientos cincuenta metros.
- Tiene una coloración entre azul, verde azulado y gris. Su nombre común se debe a la presencia de una serie de rayas transversales oscuras en la parte dorsal y los costados (semejantes a las de los felinos del mismo nombre), que van haciéndose más tenues con la edad. Su zona ventral es blanca. La cabeza es aplastada, y el morro ancho y redondeado. Sus mandíbulas presentan grandes dientes con cúspides curvadas y bordes finamente serrados. Cada uno tiene una muesca profunda en el margen exterior, con numerosas cúspides.
- Su dieta es probablemente la más variada de todas las especies de tiburón. Se alimenta de peces óseos, tiburones, rayas, tortugas, aves marinas, focas, delfines, serpientes marinas, cefalópodos, crustáceos, gasterópodos y medusas. También consume carroña y toda la basura humana que se ponga a su alcance: plásticos, metales o cualquier resto de naufragios…
- Es una especie fecunda, con un período de gestación de entre trece y dieciséis meses. A veces incluso tiene lugar un nuevo apareamiento antes de que las hembras hayan parido, lo que indica que las camadas se producen cada dos años o menos. Además, las camadas son numerosas, entre diez y ochenta y dos embriones, con un tamaño de unos 90 centímetros. También es una especie longeva, pueden llegar a cumplir los cincuenta años.
- El tigre nada lentamente pero es capaz de realizar rápidos ataques sobre sus presas. Es activo sobre todo por la noche, desplazándose a zonas menos profundas para alimentarse. Sin lugar a duda, es uno de los tiburones más peligrosos que existen. Si el buceador se cruza con uno de ellos, es aconsejable no perderlo nunca de vista.
- Esta especie es capturada en numerosas pesquerías, tanto como objeto principal como de forma accidental. Su carne, cartílagos, aletas, piel y el aceite de su hígado son considerados de gran calidad y alcanzan muy alto precio. La especie también es capturada por pescadores recreativos. Toda esta presión hace que figure como **amenazada** en la Lista Roja de la UICN.

TIBURÓN AZUL o TINTORERA *(Prionace glauca)*

Nombre inglés: *Blue Shark*
Orden: Carcharhiniforme
Familia: Carcharhinidae
Longitud máxima: 3,8 m.
Tipo de reproducción: Viviparismo placentario

ESPECIE MUY EXTENDIDA por todos los océanos: Atlántico, Índico, Pacífico, y también por el mar Mediterráneo y el mar Negro.

- Es un animal pelágico, tanto de aguas superficiales en mar abierto como en zonas costeras. Suele moverse entre los sesenta y los trescientos cincuenta metros de profundidad, aunque puede encontrarse por encima de esas cotas. Es una especie que prefiere temperaturas entre ocho y veinte grados centígrados.
- El cuerpo de la tintorera es longilíneo, de color azulado, con hocico largo y en forma de cono. Los ojos son grandes y redondos, con membrana nictitante. Las mandíbulas son pequeñas y los dientes altos, estrechos y ligeramente curvados, en forma triangular y con los lados serrados. Las aletas son largas, estrechas y puntiagudas. La aleta caudal es heterocerca y tiene dos carenas en el pedúnculo caudal.
- La gran elasticidad de su cuerpo le permite ondularse para propulsarse y nadar grandes distancias a velocidad constante.
- Es una especie migratoria que puede llegar a recorrer una media anual de cinco mil quinientos kilómetros.
- Se alimentan de peces pelágicos y cefalópodos, sobre todo de calamares. También come crustáceos y carroña de cetáceos, otros tiburones más pequeños y todo tipo de animales muertos que floten en el mar.
- La gestación de las hembras dura entre nueve y doce meses, desarrollándose entre cuatro y treinta y cinco crías (aunque algunas camadas pueden llegar a los cien) que al nacer miden aproximadamente 40 centímetros de longitud. Al igual que otras especies de vivíparos, la hembra pierde el apetito poco antes de parir para evitar devorar a su prole.
- Fue una de las especies más abundante en mar abierto, pero la caza ha disminuido mucho su población y actualmente la UICN la ha incluido en su Lista Roja de **especies amenazadas** y dice que su explotación debe ser regulada.

TIBURÓN TORO *(Carcharhinus leucas)*

Nombre inglés: *Bull Shark*
Orden: Carcharhiniforme
Familia: Carcharhinidae
Longitud máxima: 3,4 m.
Tipo de reproducción: Viviparismo placentario

Se encuentra a lo largo de las costas de Estados Unidos (tanto orientales como occidentales), México, América central y del sur (Bolivia y Norte de Perú; Nicaragua, Costa Rica y Ecuador, Venezuela y Brasil); África, India, Australia y Nueva Zelanda.

- Se puede ver en aguas costeras, en fondos de arena o en explanadas próximas al arrecife, en profundidades entre la superficie y los 150 metros.
- También es una especie que se puede encontrar en aguas salobres, dulces y estuarios: en el río Amazonas en Sudáfrica, en el Zambeze en África, en el Lago Cocibolca o Lago de Nicaragua y el Ganges en la India. Sobrevive en aguas dulces gracias a una glándula especial que posee en el riñón que le permite contener el agua salada en su organismo y expulsar el agua dulce.
- Es una especie robusta y de gran tamaño. Tiene el morro ancho y corto, y los ojos pequeños. Los dientes son anchos y finamente aserrados. La primera aleta dorsal es grande, triangular y puntiaguda. El cuerpo es de color negruzco en el dorso y pálido en el vientre. Las puntas de las aletas y el borde de la aleta caudal pueden ser oscuras.
- Se alimenta de peces óseos, otros tiburones, rayas, tortugas de mar, mamíferos terrestres e invertebrados marinos, además de carroña de mamíferos, tortugas marinas y basura.
- Tiene un comportamiento muy territorial, y por su tamaño, la dieta y el hecho de que frecuenta zonas donde nadan los bañistas, es considerado unos de los tres tiburones más peligrosos.
- La gestación generalmente dura entre diez y once meses, y el parto (que ocurre entre abril y mayo y normalmente cerca de estuarios para favorecer la protección de las crías) proporciona una media de diez descendientes con un tamaño que va de los 55 a los 80 centímetros. Las hembras dan a luz cada dos años.
- De esta especie se aprovecha tanto la carne, como el aceite de su hígado, la piel y las aletas, pero no existen datos según la Lista Roja de UICN como para considerarla **especie en peligro.**

TIBURÓN VACA *(Notorynchus cepedianus)*

Nombre inglés: *Broadnose Sevengill Shark*
Orden: Hexanchiforme
Familia: Hexanchidae
Longitud máxima: 3 m.
Tipo de reproducción: Ovoviviparismo

ESTA ESPECIE se puede encontrar en aguas templadas de todo el mundo, a excepción del Atlántico norte y el mar Mediterráneo. En el océano Atlántico, desde el sur de Brasil al norte de Argentina y desde Namibia a Sudáfrica, en el sudoeste del Atlántico. Japón, Corea, China, Vietnam, Nueva Zelanda y Australia, Canadá, Perú y Chile, en el Pacífico. En el océano Índico en India y Sri Lanka.

- Habita en aguas costeras a profundidades desde casi la superficie (sobre todo individuos jóvenes) hasta los quinientos setenta metros. Prefiere hábitats de fondo rocoso, aunque también se le puede ver en arenosos y de fango.
- Se diferencia de la mayoría de los tiburones en que presenta siete hendiduras branquiales en vez de las cinco habituales. Es grande de cuerpo, con cabeza ancha, ojos pequeños y hocico corto y romo. Los dientes son anchos, grandes y con forma de peine en la mandíbula inferior, adecuados para desgarrar y cortar, y afilados y dentados en la superior, más eficaces para sujetar a la presa. Su aleta dorsal es pequeña y muy retrasada en la espalda. El lomo es entre gris plateado y pardusco, con la parte ventral blanca y manchas blancas y negras sobre el cuerpo y las aletas, lo que le provoca como «sombras» que le permiten mimetizarse con el entorno.
- Es un depredador oportunista, se alimenta de casi cualquier cosa: otros tiburones, rayas, quimeras, mamíferos marinos, peces óseos y carroña.
- A veces cazan en manada, realizando un trabajo en equipo para poder así capturar presas grandes. Se acercan sigilosamente por detrás y aceleran en el momento del ataque.
- La hembra incuba los huevos en su interior, y unos doce meses después de la fecundación, cuando está lista, se desplaza a aguas proco profundas para dar a luz una camada de unas ochenta crías que al nacer puede medir entre 40 y 45 centímetros.
- La esperanza de vida de esta especie ronda los cincuenta años.
- Es un animal agresivo cuando se le provoca, aunque la International Shark Attack File reconoce solo cinco ataques a humanos desde el siglo XVI. No ataca a buceadores excepto en algunos casos al estar en cautiverio en acuarios.
- En algunas regiones del océano Pacífico se consume su carne, el aceite de su hígado y el cuero de su piel. En Sudáfrica es una **especie protegida,** pero no hay datos como para que la Lista Roja de la UICN especifique si está en peligro de extinción.

TIBURÓN ZORRO *(Alopias vulpinus)*

Nombre inglés: *Common Thresher Shark*
Orden: Lamniforme
Familia: Alopiidae
Longitud máxima: 6 m.
Tipo de reproducción: Ovoviviparismo

ES UNA ESPECIE muy cosmopolita. Se puede encontrar en casi todos los océanos del mundo. En el Atlántico desde Maine hasta Florida. En la costa pacífica de América del Norte, desde Oregón hasta México. En Asia, en el océano Pacífico central y occidental. En Europa se encuentra desde Noruega a la Península Ibérica y el Mediterráneo.

- Habita en aguas tropicales y templadas, aunque también tolera aguas frías. Es pelágico, aunque se acerca a la costa donde hay fondos de coral y praderas de fanerógamas marinas, para alimentarse o en época de cría. La profundidad media a la que se encuentran está en unos ciento diez metros aunque alcanzan algo más de los trescientos cincuenta en determinadas circunstancias.
- Es inconfundible con respecto a otros tiburones por la aleta caudal, que puede llegar a medir lo mismo que el resto del cuerpo debido al desarrollo que presenta en su lóbulo superior.
- Es azul por la parte dorsal y muy blanco en la zona ventral. La base de las aletas pectorales también es blanca. Es de cuerpo robusto y tiene la cabeza pequeña en relación con el resto del cuerpo. Su hocico es corto y cónico, y la boca también es pequeña, con unos pliegues labiales muy bien definidos y dientes con forma de cuchilla, con bordes lisos. Tiene los ojos pequeños, redondos y sin membrana nictitante. Las aletas pectorales son largas y curvadas, estrechándose al final. La primera aleta dorsal y las pélvicas son grandes, y la segunda y anal muy pequeñas.
- Se alimenta de peces pequeños (caballas, anchoas, peces aguja y linternas) que van en grupo, sepias, pulpos, calamares, cangrejos, camarones pelágicos e incluso aves marinas. Usan la aleta caudal como un látigo para agrupar a sus futuras presas, golpearlas y aturdirlas.
- Tras un desarrollo de aproximadamente nueve meses, del útero materno salen entre dos y cuatro crías que pueden llegar a medir metro y medio. Parece que se da canibalismo intrauterino de los huevos no fecundados.
- Se cree que pueden alcanzar los cuarenta y cinco años de edad.
- Es una especie muy valorada comercialmente por sus aletas y su carne, que se come fresca, ahumada, seca y en salazón. En el Atlántico se calcula que su población se ha reducido hasta en un 67 por ciento, y en el Mediterráneo a un 90 por ciento en los últimos cien años. La UICN considera a la **especie entre las amenazadas.**

Créditos fotográficos

- Juan Carlos Calvín página 1
- Joaquín Gutiérrez págs. 2, 38, 45, 96, 108, 137, 144, 168, 228, 231, 262
- Juan José Sáez pág. 22
- Teresa Migoya págs. 4, 102, 223, 242, 243, 244
- Mateo Silvente págs. 241, 245
- Cipriano González *Cipri* pág. 12
- Beto Friscione pág. 43
- Óscar Espinasa págs. 30, 57
- Erick Higuera págs. 104, 224
- Jacopo Brunetti págs. 5, 138
- Erik de Vicente pág. 37
- Ernesto García pág. 132
- Salvador Nolla pág. 266
- Karlos Simón págs. 10, 11, 14, 48, 50, 53, 62, 64, 67, 69, 71, 72, 74, 81, 89, 91, 103, 150, 154, 158, 165, 172, 182, 185, 190, 195, 196, 198, 205, 214, 218, 238, 254

Esta primera edición
en Reino de Cordelia de
Tratando de tiburones
se acabó de imprimir
en el invierno
de 2019